完璧彼氏と完璧な恋の進め方

Fumika & Haruki

桜木小鳥

Kotori Sakuragi

EB
エタニティ文庫

目次

完璧彼氏と完璧な恋の進め方

1

夜の喫茶店には仕事帰りのサラリーマンが大勢いて、どこかのんびりとした雰囲気を醸しだしていた。そのなかで、神妙な顔をしたわたしたち三人は、やけに奇妙に見えることだろう。

季節は冬。つい先週バレンタインデーを終えたばかりのこの時期に、わたし、池澤史香は二十七歳にして人生四度目の失恋をしようとしていた。

「……え？　どういうこと？」

「だから、彼女に子どもができたんだ。結婚して責任を取ろうと思う」

わたしの彼氏である森さんの声がやけに大きく響き、一瞬その場が水を打ったように静かになった。けれどそれは本当に一瞬で、すぐにざわめきが戻ってくる。

森さんとわたしは、食品会社、サクラ屋フーズで同じ研究室に勤務している。彼から告白され、約十か月つきあってきた。そろそろ両方の親に挨拶を……なんてことを言われたのはつい最近のことだ。それなのに、子ども……？

彼の隣には、少し俯いて座っている女の子がいる。よく見れば、うちの会社の受付の子じゃないか。確か去年入社のはず。可愛い子だから、ちょっと話題になっていた。名前は知らないけど。

「結婚って……」

思わずつぶやいたとき、その彼女がわっと声を上げてテーブルに突っ伏した。

「ごめんなさい、池澤さん。わたし、大介さんが好きなんです。お願いします。別れて下さい」

「えっ、ちょっ」

彼女の泣き声が店内に響いた。またも静寂がおとずれる。だけどさっきと違うのは、ざわめきが戻らなかったことだ。それどころか、いくつもの視線が向けられるのを感じた。

勘弁してよ、まるでわたしが泣かせたみたいじゃない。

「由奈、あんまり興奮するなよ。お腹に障るぞ」

森さんが宥めるように彼女の背中を撫でる。

「大介さん」

うっとりと見つめあう二人を茫然と見ながら、わたしは自分の男運の悪さを改めて実感していた。

自分で言うのもなんだけど、わたしは男運が悪い。それはもう、びっくりするくらいに。だけど今回のことで、これはもはや運じゃなくて、自分の問題ではないかと思ってしまった。

――初めて彼氏ができたのは、高校生のときだ。同じクラスのちょっといけてるグループの男の子に、ある日突然告白をされたのだ。昔から勉強ばかりで冴えなかったわたしは、初めての告白に舞い上がった。彼のことを前からいいなと思っていたこともあり、なにも考えずに頷いたのだ。

ふわふわした足取りで一緒に下校して、また明日ねって約束して――。その日は眠れないくらい興奮した。でも翌朝登校したら、その子に謝られた。

「ごめんね、あれ冗談なんだ」

言葉の意味が理解できなかった経験は、あれが初めてだった。

なんとか理解しようと改めて聞けば、くそがつくほど真面目(まじめ)だったわたしをからかっただけ、なんだそう。まさに一夜にして天から地へ叩き落とされたわたしは、そのあと彼に対して何事もなかったように振舞うだけで精一杯だった。それが、最初の失恋の話だ。まあ、あれを彼氏とカウントしていいのか甚だ(はなは)疑問だけれど、あえて入れておこう。

ちなみにその後、なぜかわたしが彼に失恋したことになっていた。まったく不本意極まりない。

次に彼氏ができたのは、大学に入ってからだ。彼は違う学部の先輩で、華やかなテニスサークルの部長をしていた。大学生になってもくそ真面目（まじめ）を通していたわたしに興味を持ったらしく、結構真剣な調子で告白されたのだ。高校時代の嫌な思い出が蘇（よみがえ）ったけれど、彼の「真面目（まじめ）な子が本当は好きなのに、今の自分には華やかな美人ばかりが寄ってきて嫌なんだ。君のような地味で冴えない子がいいんだ」と微妙すぎるけれど正直なセリフに、ついつい受けてしまった。けれどそれが運のつき。

　遊び慣れた彼は、わたしを流行（はや）りの場所へ連れだしてくれた。なにもかもが初めての経験で、とても楽しい日々だった。そして二か月後――。根っからの遊び人だった彼は、他の女の子とも遊びだした。いわゆる浮気だ。最初のころは黙って泣いて、彼を問い詰めることすらできなかった。けれど、だんだんどうでもよくなった。五人目の浮気がわかった時点でわたしは別れを決意し、彼を呼びだした。そこで初めて彼を責めたら――

「俺、そういうの面倒なんだわ。別れよ」

　なんて、彼の方から別れを告げられた。

　なんで逆ギレ？　こっちが振る予定だったのに、振られたようになった事実が忌々（いまいま）しい。

　大学を卒業するまで、わたしには、その彼に振られた女という代名詞がついていた。

三番目の彼とは、就職してすぐのころに出会った。彼は、わたしがよく行くカフェの店員さんだった。高校時代の彼のような子どもっぽさもなく、二人目の彼のような軽さもない。真面目で明るい笑顔で接客をする姿に、わたしは好感を持っていた。だから、その彼から告白されたときには、驚いたけれど、とてもうれしかった。それに今度こそという思いも、もちろんあった。

つきあいはじめても、お互いに仕事が忙しかったから、会える時間は少なかった。

――だから、見抜けなかったんだろう。

最初に疑問を持ったのは、彼がデートのたびに「お金がない」と言う点だった。わたしだって社会人だ。年上とはいえ、男性がすべての支払いをすべきと思っていたわけではない。でも、レストランでの食事代やカフェのお茶代など、毎回支払いのたびにそう言われると不信感を抱く。

綻びは、あっという間にその範囲を広げていった。そしてあるお休みの日。わたしは駅前のパチンコ屋からでてくる彼を偶然見かけた。その姿は、いつもわたしが見ている好青年の彼とは程遠かった。

後日、彼の鞄のなかに何枚もの競馬の馬券を見つけた。挙句の果てには、彼の部屋で見た消費者金融からの督促のはがきだ。

つまり、真面目な好青年だと思っていた彼は、ギャンブル好きで借金まみれの男だったのだ。こんな男とつきあってなんかいられない。わたしは、この三人目の彼氏と別れることを決めた。だけどまったく腹が立つことに、この彼にも、わたしから別れを告げる前に向こうから言われてしまったのだ。

「彼氏が困ってるのに助けてもくれないんだ？　そんな冷たい女だとは思わなかったよ」

最後に捨てゼリフのようにそう言われた。

そのあと、彼は借金取りに追われ、どこかに失踪（しっそう）したらしい。結局ろくでもない男だったので、別れたことにまったく後悔はない。けれど、最終的にここでも振られたことになっているのが不本意だ。

男はもうこりごりだ。このとき、わたしは心の底から思った。

けれど、恋愛に関しての学習能力がないわたしは、また失敗してしまったのだ。

わたしの職場に森さんが配属になったのは、去年の春のこと。

菓子会社に勤めているが、わたしは直接商品を作ったりはしていない。成分の分析データをだすことが仕事だ。お菓子にどんな成分がどれくらい含まれているか。それを調べている。白衣を着て、朝から晩まで試薬品やパソコンとにらめっこをする生活。一日中誰とも口も利（き）かない日もあるくらいだ。

そんな静かな職場に、支社から森さんが異動してきた。彼はいわゆるイケメンで、驚くほど明るい人だった。

その日以降、研究室にはいつも彼の明るい声と笑い声が聞こえるようになった。それを邪魔だと感じる先輩もいたみたいだけれど、わたしには好ましく思えた。

一緒に仕事をするようになってすぐ、わたしは森さんから告白をされた。でもこれまで散々な恋愛をしてきたから、最初は断った。いくら明るく爽やかなところに好感を持っているとはいえ、あくまでそれは同僚としてのこと。つきあうなんて考えてもいなかったからだ。

でも何度断っても森さんはめげずにわたしをデートに誘い、そして何度も告白をしてくれた。

はっきり言って、これで断れる女子はいないと思う。結局、わたしは森さんとつきあうことにしたのだ。そのあとの約十か月、わたしたちはごく普通のカップルとして、それなりに楽しく過ごしてきた。

とはいえ仕事は忙しく、そんなに頻繁にデートはできなかった。それに職場にはつきあっていることを内緒にしていたから、毎日研究室でこっそりと目を合わせて、ドキドキを楽しむ日々。

「もうすぐ出会って一年になるし、そろそろ親に挨拶に行こうか」なんて話がでたのも、自然な流れだった。だから、わたしもやっと人並みに幸せになれるんだって、そう思っていたのに——

まさか、ここにきてこんな展開になるとは。

今思い返しても、森さんに不自然なところなんてなかった。毎日顔を合わせていたし、電話もメールもしてた。約束をドタキャンされたこともなければ、社内でこの彼女と一緒にいるところも見たことがない。まあ、一日中研究室に閉じこもっていたから、ドアの外のことはなにも知らないのだけれど。それでも、浮気の気配すら感じたことがなかった。

おまけに先週のバレンタインにわたしからチョコレートを渡し、森さんも「ホワイトデーは楽しみにしてて」なんて言ったのだ。

なのに、妊娠？　結婚？　わたしではなく、その子と？　いつから？　どうして？

まだ理由すら聞いてない。

はっと我に返ると、わたしの前には誰も座っていなかった。

「……え？」

思わずつぶやいた声が、ざわめきにかき消される。

誰もいないそこには、飲み終えたコーヒーカップがふたつと伝票が残されていた。

「長い回想をしてたわたしも悪いけど、こういうときって、せめて支払ってくれるもんじゃないの？」

もうわたしになんてまったく興味ないよって感じの森さんを思いだす。昨日までの態度が嘘みたいだ。

「謝ってもくれなかったな……」

一度も彼から謝罪の言葉がなかったことを思いだした。一年近くつきあってきて、昨日まで普通に仲がよかったはずなのに。こんな風にあっけなく終わってしまったことがまだ信じられない。

テーブルの上をじっと見つめていたら、目がしばしばしてきた。泣きそうなのか、始めて三か月になるのにいまだに慣れないコンタクトレンズのせいなのか、わからない。

わたしは小さなころからずっと、メガネをかけていた。だけどそんなわたしに、森さんはコンタクトを勧めたのだ。

「ドレスを着るには、メガネじゃない方がいいんじゃない？」

って。まるで結婚を示唆(しさ)するような言葉にドキドキして、すぐにコンタクトレンズを作った自分がバカみたいだ。しかも、使い捨てのソフトレンズが主流のこの時代に、極度の近視と乱視のせいで、まさかのハードレンズになった。そうしてまで作ったコンタクトにはまったく慣れないし――。いろいろ考えていたら、本当に涙がでてきた。白い伝票がぼやけてにじむ。

何度も瞬(まばた)きをしていたら、コンタクトがずれたのか微(かす)かな痛みが走った。それがまた涙を誘発して、瞬(まばた)きの回数を増やす悪循環だ。

痛いし悲しいし情けないし、散々な気分だ。もう早く帰ろう。

伝票を掴み、勢いよく立ち上がる。よくよく考えれば、こんな人の多い場所で修羅場になったなんて、恥ずかしいことこの上ない。救いなのは、ここが会社からかなり離れていることだ。知り合いに見られた、なんてことはないだろう。森さんもその辺りは気にしたのだろうか。

それでも、なるべく周りを見ないようにしながら、さっさとレジに向かおうとした。歩きだしたそのとき、ドンという衝撃とともに鼻に痛みを感じた。

「あだっ」

女の子らしさとは程遠い声がでる。涙でにじむ目と鼻を手で押さえると、大きな影が目の前にあることに気づいた。

「大丈夫ですか？」

低く、優し気な声が頭の上から響く。どうやら勢い余ってぶつかってしまったらしい。

「だ、大丈夫です。すみません」

相変わらずコンタクトが痛くて、涙で濡れた視界にはぼんやりとした人影しかない。声の感じと雰囲気から若い男性だと推測はできたけど、顔などはまったくわからなかった。

「本当にごめんなさい」

もう一度頭を下げ、その人の横をすり抜ける。なんとか目を凝らしてレジを見つけ、三人分のコーヒーの会計をしてさっさと店をでた。

瞬きを何度もして、涙を振り払う。ひんやりとした空気が目にしみた。

早く帰ろう。そして、この煩わしいコンタクトを外し、思いっきり泣こう。でもって明日、森さんに二人のコーヒー代を請求してやる！

2

翌朝、自宅の洗面所の鏡に映ったわたしの顔は、いつもとあまり変わりなかった。泣き過ぎて腫れてしまうと思っていた目は、それほどでもない。

「意外と丈夫なのね、わたしって」

まあ、あからさまな泣き顔で出社するのもなんとなく負けた気がするから、これでよかったのだろう。

昨夜は帰宅してから、自分の部屋で散々泣いた。十か月とはいえ、これまでの誰より長くつきあった人だ。恋人同士だったときのことを思い返してみても、楽しいことばかりだった。

失恋なんて誰にでもあることだ。それはわかっている。ただ、こんな終わり方は想像すらしていなかった。

気持ちがまったく昇華(しょうか)できない。もしかしたら夢なのでは？　なんて、思ってしまうくらいだ。好きだった気持ちを突然断ち切られて、どう考えていいのかもわからない。

そして、悲しいと同時に、腹が立って仕方がない。

わたしとつきあいながら、別の女性と子どもができるようなことをしていたなんて。

「……いやちょっと待って。彼女に子どもができたから結婚ってことは……わたしの方が浮気相手なんじゃ？」

そんな考えに至って、さらに落ち込んでしまった。

昨日森さんから伝えられたことは、彼女に赤ちゃんができたから結婚するということだけ。二股をかけていた理由も言い訳も、なにも言われなかった。どうせなら、嘘でもわたしのことを嫌いになったって言ってくれたらよかったのに。

「でももう終わったんだから、忘れるしかないのよ」

鏡のなかで百面相をしながら、自分に言い聞かせるようにつぶやく。どれだけ泣いてもすがっても、現実はなにも変わらないのだから——そんな風に考えたら、また涙がにじんできた。

幸いなことに、今家にはだれもいないから、人に見られる心配はない。

同居の両親はいまだ現役で働いていて、出勤時刻もわたしより早いのだ。去年までは弟が一緒に住んでいたのだけれど、彼は就職を機に一人暮らしを始めたから、今わたしはこの家で両親と三人暮らしだ。

実家からでようと思ったことは何度もあったけれど、結局仕事が忙しくて行動には移せずにいた。毎日帰って寝るだけだし……と甘えた考えに収まっているということも否定はしない。

いい歳をして、失恋して泣いたことを親に気づかれなくてよかったと思いつつ、何度も冷たい水で目のまわりを冷やした。

いつも通りに家をでて、会社に向かう。大勢の社員にまじって建物に入ると、これまで特別意識したことがなかった受付カウンターに目を向けた。そこにはまだ誰もいなくて、内心ホッとする。

研究室のあるフロアへ向かいながら、徐々に心臓の鼓動(こどう)が大きくなるのを感じていた。わたしはいったい、どんな顔で森さんに会えばいいのだろう。

昨日のコーヒーのレシートは持ってきている。お金払ってよ、と言うつもりだったけれど、そんなことをしたら、ますます自分が惨(みじ)めになるだろうか。

更衣室のロッカーに荷物を仕舞い、白衣に着替える。社員証を首から下げ、研究室に続くドアのロックを解除してなかに入った。職務の特質上、ここは他のフロアに比べて特にセキュリティが厳しい。

　足を踏み入れると、いつもはシーンと静まっているはずのそこが、今日はやけに賑やかだった。その中心から聞こえる声に、治まっていた心臓の鼓動がまた大きくなった。

「結婚が決まったって？　おめでとう、森くん」

「ありがとうございます」

「式にはぜひ呼んでくれよ」

「もちろんですよ、所長」

　そこには、所長や同僚に囲まれ、満面の笑みを浮かべている森さんがいた。

「おはようございます」

　そう声をかけると、みんなが振り返った。

「おお、おはよう、池澤くん。君は知ってるかい？　森くんが結婚するんだよ」

　所長が機嫌よく言う。その向こうに、少しだけ顔をこわばらせた森さんが見えた。

「そうなんですか。おめでとうございます」

　曖昧に言葉を返し、なんとか自分の席に向かった。

「それにしても、相手は受付の由奈ちゃんか。ショック受ける野郎も多いだろう」

「いや、森が毎日せっせと受付に通ってたのはみんな知っていたんだから、驚かないさ」

「驚いたのは、彼女がおめでたってことだけだな」

……なんだって？　みんな知ってた？　毎日せっせと受付に通ってた？　わたしと内緒の社内恋愛をしていたんじゃなかったの？

思わずバッと振り返ったけれど、気づかないのかわざとなのか、彼はこっちをちらりとも見ない。

「いつから由奈ちゃんとつきあってたんだよ？」

「去年のクリスマスからかな」

さらりと言った森さんの答えに、口があんぐりと開いた。

クリスマス……。去年のクリスマス、わたしと二人で過ごしたじゃない。ほら、ディナーデートだってしたし、プレゼントだって……。いや待てよ。あれは確かクリスマスイブだ。二十五日は仕事があって会えないって言われたんだ。

つまり、イブにわたしと会って、翌日に由奈ちゃんとつきあい始めたってこと？

森大介、なんて恐ろしい男……

地団駄を踏みたくなるのをぐっと我慢して、手が早いだなんだと盛り上がる男たちを横目に、仕事の準備を始めた。

わたしが能天気に恋愛を楽しんでいた間、森さんはどれだけの嘘を重ねてきたのだろう。まんまと騙されているわたしを、どんな目で見ていたのだろう。

なんだかものすごくむかつくし、同時になにもかもがばかばかしくなってきた。

今となっては、二人のことを職場で内緒にしていて本当によかったと思わざるをえない。これでみんなに知られていたら、恥ずかしくて出社もできなかっただろう。

だから、これでよかったんだ。そう自分に言い聞かせたけれど、やっぱり腹が立つものは腹が立つ。心のなかで罵るくらいはいいだろう。

コーヒー代くらい払え、ケチ野郎！


その日はなるべく外野の声を耳に入れないようにしたためか、普段よりも集中することができた。おかげで、仕事がサクサク進んだ。

今日の分の実験をすべて終えて報告書を書いていたら、所長に声をかけられた。

「頑張ってるね、池澤くん」

「はい、ありがとうございます」

――だって、仕事で気を紛らわすしかないんだもん。

「今日は調子がよさそうだから、これも頼むよ」

そう言って、所長から書類の束を渡された。

「……これは？」

「森くんの担当なんだけどね、彼女がつわりで休んでいるらしいから、早く帰らせてやろうと思って」

いい上司だろ？　なんて笑っているけど、今思いっきりわたしの地雷を踏みましたからね！

「明日の午前中まででいいから、よろしくね」

戻っていく所長の背中を一度睨みつけてから、書類をめくった。終わった実験のデータをまとめるだけの簡単なものだ。が、森さんの仕事だと思うとムカついてくる。明日でもいいと言われたけれど、腹が立つから絶対今日中に終わらせてやる。

――なんて、意気込んで取りかかったのはいいけれど。なんだか、だんだん嫌になってきた。実のところ、森さんの仕事を手伝ったことは今が初めてではない。つきあっているときから、時々内緒で手伝っていたのだ。

夜ご飯を一緒に食べたいからってときもあったけれど、彼から「ちょっと用があって……」と言って頼まれてのこともあった。今思えば、もしかしたらあれは由奈ちゃんとデートするためだったのかもしれない。

いいように利用されていた自分が情けないし、腹が立つ。

彼とつきあっている間も、実は内心、それはどうなの？　って思うことがたびたびあった。でも、わたしはそれを我慢してきた。嫌われたくなかったからだ。自分の過去が過去なだけに、今度こそって思いも強かったんだと思う。だから、あえて見ないふりをしてきた。

だけど、その結果がこれだ。こんな思いをしてまで、男性とつきあう意味なんてあるんだろうか。いやそれ以前に、わたしが男の人とつきあうことに向いていないのかもしれない。

そんなことを考えながら、せっせとデータ入力をしていると、終業時刻をとっくに過ぎていた。研究室にはわたし以外誰もいない。

すべてを終えたときには、二十時を回っていた。思いっきり肩が凝(こ)っている。おまけに画面を見過ぎて、目がしょぼしょぼする。何度も瞬(まばた)きをしていたら、コンタクトレンズが外れそうになった。

「あーあ、疲れた」

ぐるりと首を回し、でき上がったデータを所長の机の上に置く。

ロッカーの鞄(かばん)からスマホを取りだすと、着信が一件あった。もしかして森さんだろうかと、一瞬だけドキッとする。

画面をタップして表示された名前に、肩の力が抜けた。そこにあったのは〝竹本里沙(たけもとりさ)〟。高校生のころからの友人の名前だった。

コートを着て、更衣室をでる。もう遅い時間だけど、社内にはまだ電気がついてる部署がたくさんあった。特に営業や開発部は、連日かなり忙しそうだ。

正面玄関には昼間の受付嬢に代わり、守衛さんが立っていた。

駅までの道を歩きながら、里沙に電話をかける。

『史香？　今どこにいるの？』

何回目かのコールのあとに聞こえた声は、やけに楽しげだ。

「どこって会社の前だけど。今まで残業してた」

『また残業？　どうせ森に頼まれたんでしょう』

途端に機嫌の悪い声に変わる。里沙は前から森さんを気に入っておらず、わたしに対してもその感情を隠さなかった。

「……まあ、そんなような違うような」

森さんの仕事だけど、彼から頼まれたわけじゃない。歯切れの悪いわたしの返事に、里沙が食いついた。

『なによ？　……なんかあったの？』

つきあいの長い里沙に、隠し事はできない。

「実はね……」

駅に向かって歩きながら、昨日の出来事を話した。森さんが二股した挙句(あげく)、浮気相手に子どもができて結婚することになったからわたしと別れた、という、まとめてみれば身も蓋もない内容だ。

『あの男っ。やっぱりどこか胡散臭いと思ってたのよ』

そう言われ、改めて自分の見る目のなさに愕然とした。それと同時に、やはりわたしにもなにか問題があるのではないかと思う。

つまり、考えたくないけれど、森さんを浮気に走らせてしまったなにかが、わたしに――

それを里沙に言ったら、鼻で笑われた。

『史香は悪くないわよ。ただ、運が本当にないだけ。ああ、逆に変な男ばっかり引き寄せる運があるのかも』

なるほど、変な男を引き寄せる運か……里沙の的を射た答えに妙に感心しつつも、今度こそ完璧に落ち込んだ。

神様、そんなのいらないから、普通の恋愛をさせてくださいっ。

「もう男はこりごりよ」

『……知ってる？　あんた毎回そう言ってるわよ』

「知ってるわよ。でも言いたいの」

はーっと白い息を吐く。それが冷たい空気にまじって消えていく様子をジッと見つめた。少しだけ、目の奥がチクチクする。知らぬ間に涙がにじんで、目にしみる。いつまでも慣れないコンタクトのせいだけじゃない。忘れていた胸の痛みがまた戻ってきたようだ。今夜もわたしは泣くんだろうか。泣く価値もない男だとわかっているのに、その男のことを想って。

『ちょうどゴハンに誘おうと思って電話したのよ。飲んで憂さ晴らししようよ』

「今日はまだ平日よ?」

『関係ないわよ。こんなときは飲まないと』

一人で泣かなくてもいいんだ。そう思ったら心が軽くなった。さすがは親友。わたしのことをよくわかっている。そういえば、これまでの三度の失恋も、こんな風に里沙に頼って乗り越えてきた。四度目になる今夜も、同じように過ごせるだろう。

「おごってくれる?」

『……二杯までなら』

「もう駅だから、すぐに行けるわ」

待ち合わせ場所を確認して電話を切った。駅の階段を下りながら、足取りが少し軽くなっていることに気づく。

待ち合わせの場所に行くと、すでに里沙がいた。里沙は背が高くボーイッシュなタイプで、人目を惹く美人だ。昔からスポーツ少女だった里沙は、今でも趣味でバスケをしている。活動的な彼女は、ずっと勉強ばっかりしてたわたしとはまったくの正反対なキャラクターだ。けれどなぜか気が合い、何年も親友を続けている。

「おまたせ」

手を上げると、里沙がわたしの顔をまじまじと見た。

「なによ？」

「いや。思ったより憔悴してないなと思って」

「落ち込み続けるには、いろいろあり過ぎて……」

「なによそれ？」

「飲みながら話す」

ふーんと頷いた里沙と一緒に、なじみの居酒屋に入った。平日だけど、結構混んでいる。テーブル席に向かい合って座り、一杯目のお酒と料理を頼んだ。

おしぼりで手を拭きながら、わたしはこちらを見つめている里沙を見返す。

「おもしろがってる？」

「まさか。それより早く話しなさいよ」

絶対におもしろがってるなと思いつつ、森さんの話をした。

「はー……知らぬはあんただけ、ってことだったのねぇ」

呆れたような、今にも笑いだしそうな顔をする里沙。

「笑わないでよ。こっちは傷ついてるんだから」

「笑ってないわよ。どっちかというと怒ってるわよ、もちろん」

「なんでわたしも気がつかなかったのかなあ」

運ばれてきたお酒を呷り、大きくため息をついた。口にだせば、後悔のような怒りのような、複雑な感情がわいてくる。

「あいつがうまくやってたんでしょ。史香はお人好しだから、ちょろいと思われたのよ」

「それ、わたしの悪口？」

「なわけないでしょ」

呆れ顔の里沙が、お酒を飲みながら手をひらひらと振った。

「そんな二股をかけるような男なんて、いらないでしょ。この先も絶対うまくはいかないし。早く忘れるのが一番よ」

「それはわかってるわよー。でもさー、昨日まで普通につきあってると思ってたのよ。普通に好きだったんだもん」

目の奥からわいてきた涙が、鼻をつまらせる。ずびずびと鼻をすすり、目にたまった涙をおしぼりで押さえた。

「まあねー。いきなりは無理だと思うけどさー」

ほれ、と里沙に渡されたティッシュで鼻をかむ。

「だいだい森なんて、なんの特徴もない男じゃん」

「そうかな？」

「そうよ。見かけだってまあ普通と言えば普通だし、いまいち空気も読めなさそうだし。仕事ができるとか言ってたけど、だいたいあいつの仕事、ほとんど史香が手伝ってたじゃない」

「……まあ」

「女に手伝わせるなんて、ろくなヤツじゃないわよ。別れて正解よ、あんな男」

どん、とビールジョッキをテーブルに置いた里沙が、断言した。

「そうよね、二股かけちゃうような男だし」

鼻をすすりながらぽつっと言うと、里沙が頷く。

「そうよ、そんなにイケメンでもないくせに」

「なんか偉そうだし」

「自意識過剰なのよ」

「謝りもしなかったし」

「自分が世界で一番正しいと思ってるイタイ男よ」

次々と森さんの悪口がでてくる。はたから見ればかなりみっともない光景かも知れない。けれどわたしは、少しずつ気持ちが昇華されていくのを感じていた。

終電間際まで森さんの悪口を言い、二人ともふらふらになって帰宅した。

翌朝は少し二日酔い気味だったけれど、気持ちはすっきりしている。

ただ、なんでそんな男とつきあっていたのかと、違う意味で自己嫌悪に陥るはめにはなったけれど。


その後、森さんの悪行が続々と明らかになっていった。それにつれて、わたしのなかで怒りの配分の方が多くなる。

「やっぱり毎日話しかけてアピールしなきゃ」

「クリスマスデートは、クルージングディナーさ」

「正月の初詣も、夜中から一緒に行ったんだ。年越しは一緒に過ごさないと」

連日続く、森さんののろけ話。普段は他人の色恋に興味なさそうな研究員たちが、まるで勇者を称える村人のごとく、森さんの話に耳を傾けていた。

……ほほう。二人で初詣に行ったんだ。わたしには実家に帰省するって言ってたくせに。よくもまあ、そんなことをわたしの前で楽しそうに語れるものだ。もしかしてあの人のなかで、わたしの記憶が削除されたんだろうか。なかったことにされるのはかなりショックだ。けれど、これはわざと聞かせている印象もある。

自分から振った女をさらに傷つけようとすることになんの意味があるのか、さっぱりわからない。

唯一の救いと言えるのは、お相手の由奈ちゃんに全然会わないことだ。タイミングがいいのか悪いのか、彼女は体調不良が続いているらしい。そのため、ほとんど出社していないようだ。

「由奈はすごく俺に気を使ってくれるんだ。料理も上手だし、俺の部屋もきれいに掃除してくれて。ものすごく女の子らしいんだ。やっぱり女の子は可愛くなくっちゃ」

ふいに聞こえてきた森さんのやけに大きな声に、頭をガツンと殴られたような衝撃を受けた。

わたしは女の子らしいところなんてほとんどない。料理だって自分の分しか作らない。森さんの部屋を掃除したこともないし、それどころか、自分の部屋だって適当だ。昔から勉強ばっかりで、おしゃれにも興味がなかった。ファッション誌を読むくらいなら、元素辞典を読んだ方が楽しい。森さんとつきあっていても、女らしい気遣いもしたことがない。

ないない尽くしの女だから、森さんは浮気したんだろうか。そんなだから、ただでさえない男運が、さらに悪くなるんだろうか。

今のセリフを、森さんはあえてわたしに向かって言った気がする。

「ああ凹(へこ)む。本当に凹(へこ)むわー」

思わず声にでてしまった。油断すると泣きそうになるのをこらえながら、ひたすら試験管を見つめる。何度も瞬きをしたら、またコンタクトがずれたような気がした。

森さんに勧められたコンタクト。自分の目に合わないのを、ずっと我慢して使い続けてきた。それは、森さんによく思われたかったからだ。つまり、わたしだって、それなりに気を使ってきたってことになる。

でもそれだけじゃ足りなかった。

どうすればこんな結果にならずにすんだのか——

いまさら考えても仕方がないとわかってはいるけれど、考えてしまう。

瞬きをして涙を払い、ひたすら実験を続けた。実験は白か黒かどちらかにしかならないから、迷うことがない。どんなに感情に振り回されても、結果は明白だ。

日々そんなことを考えながら仕事をしていたら、作業スピードが格段に上がった。毎日終業のころにはぐったり疲れるけれど、実験中は余計なことを考えずにすむし、森さんののろけ話も聞こえなくなるからちょうどいい。

そんな風に日々を過ごし、季節は春を迎えた。森さんの話もとっくに沈静化したころ、わたしは急遽所長に呼ばれた。

「開発チームが専属の研究員をほしがっていてね。最近頑張ってるし、池澤さんやってみない？」

「は、はい！」

「作業は一番奥の部屋を使って。専用にするから。当然ながら開発中のデータは門外不出だから、その点は気をつけてね」

「はい」

　こういうのを怪我の功名とでもいうのだろうか。

　うちの会社内で、商品開発部門は花形だ。新商品の開発に携(たずさ)われるその部署は、みんなの憧れになっている。お菓子が好きでこの会社に入った人が多いのだから、当然かもしれない。自分の作ったお菓子がコンビニやスーパーに並ぶ日を夢みている社員は、結構いるのだ。ただ、仕事は大変で、いつも他社と競争している。いかに早く魅力的な新商品を開発するか、それがメーカーとして大切だからだ。わたしはというと、今まで特に強く、商品開発に関わりたいと思ったことはなかった。けれど、仕事を認めてもらえたと思うと素直にうれしい。そのうえで参加できるのなら、こんなに喜ばしいことはない。

　恋愛はダメだったけれど、仕事の運は悪くない。そう考えれば、気持ちが向上する。そうだ。もう恋愛に現(うつつ)を抜かすことなんてやめて、仕事一筋に生きよう。幸いなことに、チャンスは目の前にある。

　突然の打診に、小躍りしたい気分になった。上機嫌で自分のデスクに戻ると、なぜかそこに冷たい目をした森さんがいた。

「ずいぶん楽しそうだな」

声もやけにそっけない。ほんの数か月前まで普通につきあっていた人のはずなのに、なんだか変な感じだ。

「意外と平気なんだな」

森さんがぽつりとつぶやいた。

「へ？」

「もっとショックを受けてるかと思ってたよ。その程度なんだ、俺への気持ちなんて」

「は？」

「所長もなにを考えて開発の仕事を回したんだか」

森さんはそう言うと、ふいと顔を背(そむ)けて歩み去った。

なにそれ。わたしにもっと傷つけってこと？　泣き叫んで縋(すが)りつけとでも？

なんだかものすごく腹が立ってきた。

自分で勝手に浮気して去って行ったくせに、なんて勝手な男なんだろう。でもって、わたしがどんな仕事をしようが関係ないじゃない。

こんなろくでもない男に振られて、散々泣いた自分が馬鹿みたいに思えた。どう考えても、別れて正解だ。

突然の失恋にずっとうじうじしていたけれど、今ようやく吹っ切れた気がした。

3

最悪の別れから早三か月、森さんは相変わらず嫌な態度をとったり、彼女とののろけ話を聞こえよがしに大声で言ったりするけれど、吹っ切れたわたしにとっては、もうなんの影響もなかった。

機密性の高い開発部門の仕事について以来、わたしは一人で、終日専用の研究室にこもっている。もう恋愛に現(うつつ)を抜かすこともやめて、仕事一筋と決めていた。そんなわたしにとって、今回の仕事は忙しいけれどかなりやりがいがある。

「池澤さん、今度セミナーがあるんだけど参加してみない？」

わたしがこもっている研究室まで来て、わざわざ声をかけてくれたのは、今回の開発チームのチーフ、中島(なかじま)さんだった。中島さんは三十代後半で、サバサバした性格の快活な女性だ。

「セミナーですか？」

「うん。食品衛生に関するやつ。興味あるでしょ？　同業者がたくさん集まるのよ。ホテルでやるんだけど、料理がおいしいからそれ目当てで来る人も多いの。それに、今回は西城(さいじょう)の頭脳も参加するらしいし」

「西城の頭脳？」

聞き慣れない言葉に首を傾(かし)げると、中島さんが「知らない？」と笑った。

「西城食品の天才開発者よ。ほら、あの空気みたいに軽いのに味が濃厚なチョコレートとか、食感がパリッモチッてなってて業界に革命をおこしたポテトチップスとか、あるでしょ？　それは全部、彼が開発したのよ。ほかにも今までに相当な数のヒット商品を生みだしていて、製法技術の特許も取ってるの。だから別名、西城の頭脳」

「へえー」

西城食品は、業界最大手の企業だ。これまで数々の人気商品を発売している。頭脳だなんて、変なあだ名。もしかして漫画にでてきそうな、ビン底メガネのマッドサイエンティストみたいな人なのかもしれない。そんな姿を想像して、思わず笑ってしまった。

「そういうの初めてなので、ぜひ行ってみたいです」

「じゃあ名簿に載せとくね。次の金曜日の夕方にみんな揃(そろ)って行くから」

「はい、よろしくお願いします」

研究室の出口まで中島さんを見送る。視線の先に、森さんが映った。わたしを睨(にら)むように見ている。目が合うと、ふいと視線をそらされた。

なによ、その態度。

もう吹っ切れたとはいえ、気分がいいものではない。

どうやら彼は、わたしが開発の仕事をしているのが相当気に入らないらしい。けれど、そんなの知ったことじゃない。

「まったく。可愛くて若い女の子と結婚して、子どもも生まれるって状況のくせに。もうわたしのことなんてほっといてくれたらいいのに」

ムカムカした気分で研究室に戻り、読みかけの資料に目を向けた。仕事よ仕事。もう二度と男に振り回されたりするもんか。


セミナー当日までは、ひたすら研究に没頭した。所長からはえらく感心されて褒められたけれど、森さんは相変わらず不愉快な態度のままだ。

そして迎えたセミナーの日。約束の時間に間に合うよう仕事を終わらせ、ビジネス用のスーツ姿になった。仕事中は普段着に白衣をはおることがほとんどなので、スーツは久しぶりだ。

トイレでお化粧を整え、瞬きをしてコンタクトレンズがちゃんとはまっているか確認する。最近仕事が忙しいせいか、目の疲れが半端ない。夕方近くにはいつも目がしばしばするのだ。

もうコンタクトを続ける必要はないからメガネに戻してもいいのだけれど、それはなんだか負けた気がする。

「だってメガネ姿を見られたくないもん。森さんにも、あの彼女にも」

そんなことを口にだしてしまうなんて、もしかしてまだちゃんと吹っ切れていないということなんだろうか。

気を取り直して鏡に向き直り、肩まで伸びた髪をぎゅっと結び直す。小さな鏡になんとか全身を映して、おかしなところがないかチェックした。

セミナーなんてものに行くのも初めてだし、同業他社が集まる場所も初めてだ。中島さんに普通のスーツでいいと聞いていたので、わたしも着慣れないスーツを頑張って着ているのだ。この格好がおかしくないか、何度も鏡を見てしまう。

「大丈夫だよね」

研究室に戻り、迎えに来てくれた中島さんとともにロビーに向かう。そこにはすでに十名程が集まっていた。

「みんな行かれるんですか？」

「そうよ。あとは部長クラスも何人か行くみたいだけど、あっちは車よ」

中島さんがふんと鼻を鳴らし、わたしたちは電車だからね、とつけ加えた。

全員で駅に向かい、電車に乗って移動した。目的地は、湾岸近くの有名ホテルにある広いホール。

椅子がずらりと並んだ会場には、すでに大勢の人が集まっていた。割り当てられた席に座ってしばらくすると、壇上に有名大学の有名教授という人が現れた。セミナー開始だ。

教授の話は、一時間ほどで終わった。難しい内容も多かったけれど、おもしろくとてもためになった。こんな風に業界全体が日々勉強をしているのだと思うと、なかなか興味深い。

「さあ、次は食事の時間よ」

中島さんに促(うなが)されまわりを見ると、みんなが移動を始めている。食事会場はホール隣の、同じくらいの広さの部屋だ。ビュッフェ形式のようで、壁際と部屋の真ん中辺りにずらりと料理が並んでいる。

先に乾杯があるらしく、いろんな種類の飲み物のグラスを持ったウェイターさんがたくさんいた。

「池澤さんは飲めるの?」

いち早くワイングラスを取った中島さんが言った。

「とりあえず、今日はお茶にしときます」

そう答え、ウーロン茶の入ったグラスをもらった。初めての場所で、酔って失敗はしたくない。

ほどなくして、マイクの音とともに、壇上に司会者が現れた。

「みなさまお待たせいたしました。それでは乾杯の挨拶（あいさつ）を西城食品の……」

そこで言葉が途切れた。ざわめきと少しの笑い声が前の方から聞こえる。どうしたんだろうとつま先立ちになると、苦笑いを浮かべた司会の人が見えた。

「ええと、では教授、お願いします」

促（うなが）されて、先ほど講演をした教授が乾杯の音頭（おんど）を取った。大きな声が響き、拍手が起こる。

「混む前に行きましょ」

慣れた様子の中島さんに誘われ、みんなで早速料理を取りに行った。とても豪華でおいしそうだ。

「すごいですね」

「これで無料だなんて、さすが西城は太っ腹ね」

「主催は西城食品なんですか？」

「そうよ。共有できることはみんなで共有しましょって。最大手ならではの余裕よね」

中島さんの言葉に頷きながらお皿一杯に料理を盛って、元の場所へ戻った。

わいわいと食べたり話したりしていると、みんなの顔見知りらしい他社の開発や営業の人らが代わる代わる加わってくる。わたしは人見知りが激しいわけではないけれど、普段ほぼ一人でいるので、こんな風に大勢と会話をしながら食事をするのはなかなか難しかった。共通の話題には相槌を打つものの、なんとなく時間を持て余してしまう。

「お料理見てきますね」

中島さんに告げ、その場を離れた。ホッと息を吐き、デザートでも探そうかと会場をきょろきょろ見渡す。少し離れた場所に、人だかりができているのが見えた。そこに料理はないので、有名な人でもいるのかもしれない。

そう言えば、西城の頭脳が来ているんだっけ。だったらその人かもしれない。そんなことを考えながら歩いていると、ポンと肩を叩かれた。

「よお、奇遇だな」

「俊くん？」

振り返って驚いたわたしのそばに、ニヤニヤと笑う男性がいた。彼は山本俊くん。里沙の彼氏で、わたしとも長年の友人だ。わたしたちより三つ年上だけど、気さくで楽しい人である。

「なんでいるの？」

「そりゃこっちのセリフだ」

「あ、そうか」

俊くんは、大手外食チェーンで営業マンをしている。普段引きこもって仕事をしているわたしよりも、断然業界に顔が広い。この場にいるのも当然だ。

「今わたし、開発の仕事を手伝ってて、その関係で来たのよ」

俊くんが納得したように頷いた。そして——

「思ったより元気そうじゃん」

続いた言葉に、思わず苦笑する。彼はわたしの失恋ネタのほぼすべてを知っているのだ。

「まあ、ね。仕事も忙しくなってきたし、いつまでも落ち込んでいられないわ」

森さんの最低ぶりをここで改めて語ろうかと一瞬思ったけれど、自分へのダメージが大きそうなのでやめておいた。

「里沙はまだ心配してるから、また連絡してやってくれよ」

「そうね。最近ずっと残業で時間とれなかったから、今日帰ったら連絡するよ」

「ぜひそうしてくれ」

じゃあねと言って俊くんと別れ、改めてデザートを取りに向かった。お皿にケーキやフルーツ、生クリームをたっぷりと盛る。

「おい、藤尾(ふじお)！」

みんなの所に戻ろうと振り返った瞬間、声とともに目の前に急に人が現れた。

「きゃっ」

ぶつかりそうになり、とっさにお皿をひっこめる。そのお皿が胸元に当たり、中身が全部飛び散った。大半はわたしの顔と服に、そして、一部が目の前の人の靴に。

「うわ、なにやってんだ！」

怒りを含んだ男性の声に、慌てて顔を上げる。

「す、すみません」

目の前には、仕立てのよさそうなスーツを着た男性がいた。その男性は明らかに怒っている。

あなたが急にでてきたからじゃない……という言葉を呑み込み、とりあえず顔に飛び散ったクリームを取ろうとした。目の近くを指で擦る。

「あっ」

なんてこと。擦った拍子に、コンタクトがぽろりと落ちてしまった。視界が突如ぼやける。わたわたしているうちに、飛び散ったクリームがもう片方の目に垂れてきた。その目はもう開くこともできない。

とっさに床に手をつき、裸眼でぼやける視界のなかコンタクトレンズを探す。

「おいおい、なんだよ」

目の前の男から呆れた声が聞こえたけれど、それどころではない。パニック状態とはこのことを言うのだろうか。まわりからざわめきが聞こえる。みんなが見ているのだろう。そんななかでのこの状況に、恥ずかしさと動揺で頭の中が真っ白になった。

「大丈夫ですか？」

そのとき突然、声が聞こえた。低く掠れてはいるけれど、さっきの男とは違う優しい声だ。

「コ、コンタクトを落としてしまって」

手探りで床を触るわたしの手に、大きな手が重なった。その手がとても熱くて、ドキッとして動きが止まる。

「落ち着いて。レンズはこれかな」

掠れ声の男性はそう言って、わたしの手のひらに小さなレンズを載せてくれた。

「あ、ありがとうございます」

「早く顔を洗って着替えた方がいいよ」

その男性に手を取られ、立ちあがる。小さな咳がわたしの頭の上から聞こえた。彼はとても背が高いようだ。

「でも、なにも持ってないんです」

俯いたままこたえる。顔も洗いたいし着替えたいけれど、タオルも着替えもない。まあそれも当然だけれど。

「大丈夫」

男性は、わたしの肩をぽんと撫でるように叩いた。見ず知らずの人なのに、その行為と言葉になんだか安心する。

「おい、おれも散々だぞ」

近くから聞こえてきた怒りを含んだ声は、さっきぶつかった男だ。

「お前が悪い」

優しい方の彼がそっけなく答える。ほどなくして誰かが近くに来た気配を感じた。

「この方をお願いします」

彼がそう言いながら、わたしの手をそっと導く。

「かしこまりました」

応えた声は女性だ。ぼやける視界のなかでも、どうやらホテルのスタッフのようだとわかった。

「どうぞ」

ふかふかのタオルを渡され、それでクリームに覆われた目を押さえた。

「あの、ありがとうございました」

彼がいるであろう方向に顔を向け、頭を下げる。

「どういたしまして」

ひどく掠れた声に、咳が続く。どうやら、体調が悪そうだ。

「あなたも、どうぞお大事に」

「……ありがとう」

スタッフに手を引かれ、廊下にでた。ちゃんとは見えなかったけれど、かなり大勢の人の気配を感じたので、まわりにはたくさん人がいたのだろう。

スタッフに連れて行かれたのは、ホテルの一室だった。まっすぐ浴室に案内される。

「クレンジングや洗顔フォームなども揃っております。ご自由にお使い下さい。まずはこのローブに着替えていただけますか。その間にお洋服をクリーニングいたします」

「あ、あの。クロークに預けている鞄に、お化粧ポーチとコンタクトのケースが入ってるんです。それを持ってきてもらうことはできますか？」

「かしこまりました。すぐにお持ちします」

クロークの番号札と、クリームにまみれたスーツをスタッフに渡す。

一人になり、もう片方のコンタクトを外した。本当に腹立たしい。ぶつかってきたあの男の人も悪かったけど、このハードレンズも悪い。

「もうやめる。絶対やめる！」

外したコンタクトを洗面台に乱暴に置いた。もう落としても流されても、絶対に探さない。

コンタクトなんて、さっさとやめればよかったんだ。変な意地を張ったせいで、どえらいめにあってしまった。

備えつけのクレンジングと洗顔フォームを使って顔を洗う。さすがは高級ホテル。アメニティも高価なのか、泡立ちがとってもクリーミーだ。

そんなことを考えながら顔を洗い、ふかふかのタオルで拭いた。顔を上げると、鏡のなかにはどすっぴんの自分の顔。とはいえ、視力がよくないので、ぼやけていてよくわからない。

まあ汚れてなければいいでしょ。

ブラシで髪を整えてから洗面所をでると、ちょうどさっきの女性スタッフが戻ってきたところだった。

「お待たせしました、お荷物です。スーツの方はあと三十分くらいお待ちいただけますでしょうか」

「ありがとうございます。お手数をおかけしてすみません」

「いいえ。お連れの方々にもお伝えしておりますので、どうぞごゆっくり」

「あっ。重ね重ねありがとうございます」

みんなのことをすっかり忘れていた。というか、会社的に大丈夫だっただろうか。みんなにも恥ずかしい思いをさせてしまったのなら申し訳ない。

持ってきてもらった鞄（かばん）からポーチをだし、備えつけのアメニティを駆使（くし）して、なんとか化粧をした。ぼやけていてよく見えないので、ギリギリまで鏡に近づいて確認する。まあいいだろう、と思えるくらいにはなったはずだ。

洗面台に置いていたコンタクトをぽいぽいとケースに入れた。もう使わないから、洗う必要すらない。

荷物を整え、手持ち無沙汰になったので、窓に近づいた。カーテンをそっと開けると、そこには驚くほどきれいな夜景が広がっていた。

「うわぁ」

思わず声がでる。もしかしてここは、かなりいい部屋なのだろうか。よくよく見れば、わたしがいるこの部屋にはベッドがない。ということは、ベッドルームが別にあるのだろう。一般的なシングルの部屋しか知らないから、探検したいと思ったけれど、状況が状況なだけにその気持ちを抑える。

それにしても、こんなに至れり尽くせりしてもらっていいのだろうか。いや、さすがにクリーニングは有料だろう。

お財布にいくら入っているのか、確認しておかなければ。

現実に気づいて、上がったテンションが一気に下がる。逆に心臓がバクバクし始めた。

そのとき、女性スタッフが戻ってきた。

「お待たせしました」

「あ、ありがとうございます」

きちんとハンガーにさげられた、ビニールのかかったスーツを受け取る。

「他にご入用のものはありませんか？」

「い、いえ。もう大丈夫です。それで、あの……」

「なんでしょうか」

「えっと、クリーニング代とかこのお部屋の料金とか、どうお支払いすれば」

「とんでもないです」

女性スタッフは驚いたように目を見開いた。

「料金はいただけません」

「いいんですか？」

「もちろんでございます」

笑顔のスタッフに、ホッと胸を撫でおろす。

「外でお待ちしておりますので、お着替えが終わりましたらお声をかけて下さい。会場までお送りいたします」

「ありがとうございます」

あれからもう一時間近く経っている。みんなはまだいるのだろうか。会ったら謝らないと。それから、あのとき助けてくれた男性にもお礼を言いたい。

慌てて着替え、最後にもう一度鏡を見ておかしなところがないか確認した。裸眼ではっきりとは見えないけれど、たぶん大丈夫だろう。荷物を持って部屋のドアを開け、待っていてくれたスタッフとともに会場に戻る。会場にはまだまだ人がたくさんいて、歓談の最中だった。

会場に足を踏み入れると、わたしに気づいたらしく、中島さんたちが駆け寄ってきた。

「池澤さん、大丈夫?」

「ごめんなさい、ご迷惑をおかけしました」

「いいのよ。事情が事情だもん」

「知ってるんですか?」

「騒ぎのあと、西城の関係者が謝罪と説明に来てくれたのよ」

「あの人、西城食品の人だったんですか?」

「そうよ」

ああ、だからか。わたしを助けてくれた人も西城の人なんだ。主催者側だったから、ホテルの対応も早くできたのだろう。

なんだかいろいろ納得してしまった。

そのあと、食べそこなっていたデザートを改めて堪能(たんのう)し、会場をあとにした。最寄り駅でみんなと別れ、週末の混んだ電車に乗り込む。

窓ガラスに映った自分の顔は、ぼんやりとしていて目や鼻でさえクリアに判別できない。メガネがないとなにも見えないのだ。

「あ」

忘れてた。さっき助けてくれた人にお礼を言おうと思っていたのに。会社のみんなに会って安心した途端、すっかり頭から抜けてしまった。

わたしが他社の人と会うことはほとんどないので、もうお礼を言う機会はないかもしれない。顔も覚えていないし、その可能性は高い。どこかで偶然見かけても、わからないんだから。

――本当にありがとうございました。

心のなかでお礼を言う。そして、二度とコンタクトはしないと改めて決意した。

4

セミナーでの失態を、わたしは週が明けても少し引きずっていた。けれど、決意した通り、コンタクトレンズはさっさと捨てた。久しぶりにメガネをかけての出社だ。セミナーの件もメガネの件も、職場の誰からもなにも言われなかった。ハッキリ言って肩透かしだけど、まあよかったのだろう。注目されるのは慣れていないし。メガネについても、ほんの三か月前まではかけていたのだから、それほど驚くに値しないのかもしれない。

結局、いろんなことを気にしていたのは自分だけだったのだと、改めてつきつけられた結果になった。一人密かに凹む。けれど、目に違和感がないことは快適だった。おかげで、仕事をサクサクとこなしている。

里沙から連絡があったのは、それからしばらく経った土曜日のことだった。

普段の寝不足を解消しようと目覚ましもかけず寝ていたわたしは、スマホの着信音に起こされた。

「はい？」

『まだ寝てるの？　もう十時よ』

「今日は土曜日よ。いつまでだって寝るわよ。で、どうしたの？」

『ランチ行こうよ』

「ランチ？」

『そう。俊がね、おいしいお店を見つけたんだって』

「それってデートでしょ？　二人で行きなよ」

『デートじゃないわよ。いいじゃない、行こうよ。俊がご馳走してくれるって』

「まじで？　じゃあ行く」

『それじゃ待ちあわせしましょ』

　里沙から聞いた場所を復唱して、電話を切った。そしてえいっと起き上がる。

　窓を開けると、外は初夏の陽気だった。パジャマのまま階下に下りる。誰の気配もしないから、両親は仕事にでもでているのだろう。根っからの仕事人間の二人は、休日出勤も苦にならないらしい。

　顔を洗って歯を磨き、もつれた髪の毛を梳く。あくびをしながらまた部屋に戻り、タンスから洋服を探した。といっても、探したところでたいした服はでてこない。いつもの通勤服と同じような服をだし、のろのろと着替える。お化粧をし、肩よりも長い髪をひとつに結ぼうとしてやめた。

　会社に行くわけじゃないんだし、たまにはいいだろう。

　滅多に使わないヘアアイロンで髪をゆるく巻き、いつもと少しだけ印象を変える。それでも、メガネをかけてしまえば、結局いつも通りの自分だ。

「まあいいでしょ」

　ショルダーバッグにお財布とスマホ、ハンカチとお化粧ポーチを入れる。給料日前でお財布の中身がちょっと寂しいけれど、おごりなら関係ないか。

家をでて、駅までぶらぶらと歩く。お日様の光と時々吹いてくる風が気持ちいい。だんだんと強くなってくる日差しに、夏を感じる。

考えてみれば、二月に失恋してから、休日に出歩くこともほとんどなくなっていた。ひたすら仕事に没頭(ぼっとう)してきたので、その間は季節感など皆無(かいむ)だったのだ。

久しぶりの感覚にいい気分になりながら、電車で待ち合わせの場所に向かった。

「史香！」

改札を抜けたところで声が聞こえた。顔を上げて見回すと、少し離れた場所で里沙が手を振っている。スポーティなパンツスタイルが、背の高い彼女によく似合っている。

「ごめん、待った？」

「わたしも今来たとこよ。俊は先に行ってるって」

里沙と並んで歩きだす。

「あんたコンタクトどうしたの？」

「やめたの。すぐ外れちゃうし、全然慣れないから」

前を向いたまま答えると、里沙がふーんと鼻をならした。ここでやめた経緯を馬鹿正直に説明したら、呆(あき)れられるのは目に見えている。これ以上のダメージは負いたくないので、それ以上は黙っていた。

「そっちの方が似合ってるわよ」

里沙がわたしのメガネのふちを指でそっとつついた。

「わたしも、こっちの方が違和感がないわ」

ふふふと笑い返すと、里沙もつられたように笑った。

俊くんが待っているというレストランは、駅から五分ほど歩いた場所にあった。見るからにおしゃれなお店で、入り口には列ができている。日当たりのいいオープンテラスは、すでに満席だ。

「混んでるのね。大丈夫なの？」

「予約してるから」

入り口で里沙が俊くんの名前を告げると、すぐに案内された。

「わざわざランチを予約って、どうしちゃったの？」

普段の俊くんからは想像ができない対応に、疑問を抱く。その質問に里沙は返事をしなかった。けれど——答えはすぐにわかってしまった。

俊くんは、店内の日当たりのいいテーブル席に座っていた。その隣には、見知らぬ男の人。その人は、まっすぐにわたしを見ていた。多分、わたしが彼の存在に気づく前から。

少しずつ近づくたびに、その人が驚くほど整った顔をしているのがわかった。はっきりとした目鼻立ちは、どこかの俳優さんかと見紛うばかり。わたしの心臓がドキドキし始める。

わたしたちがテーブルにたどり着く前に、その人が迎えるように立ち上がった。つられるように動きだした俊くんと比べ、その彼はとても背が高い。

「お待たせ」

里沙が言い、ちらりとその人に視線を走らせた。里沙の視線に気づいたのか、俊くんが言う。

「こっちは、先輩の黒川さん。この前偶然再会して、連絡を取り合うようになったんだ。で、今日も誘ってみた」

「はじめまして。黒川悠生です。今日はお邪魔してすみません」

その人、黒川さんがわたしたちに少し頭を下げた。低く透き通るような声が印象的だ。

「こちらこそはじめまして。わたしは竹本里沙。俊とおつきあいしてます」

「あっ。池澤史香です。ふ、二人の友だちです」

慌てて答えると、黒川さんがふっと笑った。

黒川さんは俊くんの二つ上だそうだ。俊くんが三十歳だから、現在三十二歳。わたしよりも五歳年上ということか。

アーモンド型の目は、きれいな二重。男の人にしては長めのまつげに、つい目がいってしまう。顔立ちは完璧だ。黒い髪はおしゃれにスタイリングされていて、シャツとズボンというカジュアルな格好をしている。シンプルな服装だけど、モデルだと言われても納得してしまうほどのハイスペックな容姿だ。ドキドキして、うまく笑顔を返せない。

「とりあえず座れよ。腹減ったし」

妙な緊張感を打破するかのように、俊くんが呑気に言った。

四人がけの丸いテーブルに、すでに俊くんと黒川さんが隣同士に座っていたので、必然的にわたしが黒川さんの隣に座ることになった。わたしが座ろうとした瞬間、黒川さんがさりげなく椅子を引いてくれる。

「あ、ありがとうございます」

「いえ」

距離が近い。手を伸ばせば届く場所に、黒川さんのきれいな顔がある。必要以上にドキドキしていることを悟られないように、膝の上でぎゅっと手を握った。

「黒川さんって紳士なんですね。俊も見習いなよ」

「無理、俺のキャラじゃない」

里沙が羨ましげに言うと、俊くんがあっさりと答えた。そして、店員さんに合図をするように手を振る。

ランチコースは決まっているらしく、個別に料理を注文することはなかった。食後の飲み物だけを各自で頼む。

料理がくるまで、いつもなら三人でくだらない話や、すでにわたしの持ちネタのようになっている元カレたちとの失恋話をするのだけれど、さすがに今日はそうもいかない。自分から話しかけた方がいいのだろうと思うけれど、わたしのコミュニケーション能力はそれほど高くはない。しかも相手は超がつくほどのイケメンだ。店にいる女性たちが、ちらちらと視線を送っていることがわかる。

「黒川さんって、俊といつからの知り合いなんですか？」

わたしよりも数倍気の利く里沙が、黒川さんに話しかけた。ナイス、里沙。

「大学からです。同じ学部で」

黒川さんが言いながら俊くんに視線を移すと、俊くんがうんうんと頷いた。

「すごくモテるでしょ？」

「そんなことないですよ」

里沙の言葉に、黒川さんが困ったような笑顔をわたしに向けた。とんでもなく完璧な容貌で一見クールにも見えるけれど、わりと気さくな人のようだ。

なんだかホッとしたとき、最初の料理が運ばれてきた。大きなお皿に盛りつけられた前菜は、色どりもとてもいい。

「わ、おいしそう」

「そうですね」

思わずだすと、それに応えるように黒川さんが言う。顔を上げると目が合った。笑顔の彼につられて、口元が緩む。

なんだか、すごくいい人みたいだ。

パスタやスープが、次々とでてくる。そのどれもがおいしい。さすが行列ができる店だ。黒川さんとおいしいですねと言い合いながら食事を続けた。

「そういえば黒川さん、お仕事はなにをされているんですか？」

デザートを待っているときに、里沙が言った。

「西城食品に勤めてます」

「え！」

思わず声がでる。

「同業者ですね！　わたしはサクラ屋フーズなんです」

黒川さんが少し目を見開いて、そうなんですねと頷いた。

「もしかして研究とか開発ですか？　わたしは研究室勤務なんですけど」

あのときのセミナーで助けてくれた人を知っているかもしれない。お礼を言えるチャンスだと一瞬期待したけれど、黒川さんは困ったように首を傾けた。

「いや、どちらかというと現場の方で」

「あ、製造とかですか？」

「まあ、そんなところです」

それは残念、って言葉を呑み込む。

西城食品ほどの規模になると、従業員の数も桁違いだ。部署が違えば、同じ会社の社員であっても顔さえ知らないだろう。

「ライバル会社ですね」

残念な気持ちを笑顔に変えて言うと、黒川さんも笑った。職種は違っても、同業者だと思うとなんとなくうれしい。ライバル会社だから仕事の具体的な話はできないけれど、会話の糸口がつかめたのでありがたいと感じる。

そのあと、デザートを食べながら大学時代の黒川さんと俊くんの話で盛り上がった。話上手な俊くんと里沙がうまく会話をまわしてくれたおかげで、思いのほか楽しい時間を過ごすことができた。

締めにゆっくりとお茶を飲んで、お店をでる。お腹もいっぱいで、いい気分だ。

「このあと、どうする？」

店の前で里沙が言った。

「俺、買い物したいからつきあえよ」

そう言ったのは俊くんだ。

「わたしは帰るよ」

「僕も帰る。今日はありがとう」

わたしが答えると、黒川さんが言った。

「じゃあ、ここで別れるか。先輩、また連絡します」

「またね、史香。黒川さんも」

手を振りながら去って行く俊くんと里沙を見送る。

「僕たちも行こうか」

黒川さんにそう促(うなが)され、駅への道を歩きだす。さっきいろいろ話したので少しは慣れたとはいえ、まだ緊張する。

わたしの隣で、歩調を合わせるようにゆっくりと進む黒川さん。視線はまっすぐに前を向いていた。並んで歩くと、その背の高さがさらによくわかる。

駅までは、まだまだ距離がある。そっと息を吐いたそのとき、信号が赤に変わり、わたしたちは横断歩道の手前で立ち止まった。

「史香さん」

ふいに呼ばれた名前に、驚いて黒川さんを見上げた。ばっちりと目が合う。先に照れくさそうに笑ったのは、黒川さんだった。

「馴(な)れ馴れしかったかな、ごめん」

「い、いえっ」

聞き慣れたはずの自分の名前なのに、この低い美声で呼ばれると、別人のような気がした。

「よかったら、また会えないかな？」

「え？」

「できたら、二人で」

「……ええっ」

驚きのあまり、後ずさってしまった。なに？　これはドッキリ？　どこかに俊くんたちが隠れているの？

思わずキョロキョロと周りを見回したけれど、怪しい人影はない。

「どうかした？」

「い、いえっ、なにも」

訝（いぶか）しんだ顔をした黒川さんを、ヘラッと笑ってごまかす。

「今日会ったばかりで急だと思うけど。もっと話せたらと思って」

そんなことを言う黒川さんに、驚いてすぐに言葉がでてこなかった。

わたしが彼に対してずっとドキドキしていたのは事実だ。だって、黒川さんは誰が見たってすごく素敵な人だから。そんな人からこういう風に言われて、ときめかない女なんていないだろう。

　でも、わたしはこれまでの失恋で、もう男はこりごりだと思い知っていた。素敵な人は、見るだけにしておいた方がいい。それに、こんな素敵な人がわたしなんかに声をかけるなんて、なにか裏があるのかもしれないじゃない。

「あ、あの、わたしそういうのは……」

「友だちとしてなら？」

　意を決して発した言葉は、黒川さんにさくっと遮られた。

「はい？」

「友だちとしてなら、今日みたいに会ってもらえる？　たとえば山本みたいに」

　真剣な表情に、少し戸惑う。

　俊くんみたいに？　それだったら、まあ大丈夫、かな。それに里沙や俊くんと一緒なら、ひどいことにはならないだろう。

「そうですね、友だちだったら」

「よかった」

　黒川さんがホッとしたような表情で言った。

「あ、青だ」

　信号はとっくに変わっていた。黒川さんがわたしの腕をやさしく取って歩きだす。驚いた瞬間、その手はさりげなく離された。

「連絡先、交換してもいいかな?」

「あ、そうですね」

横断歩道を渡り切ったところで道の端に寄り、立ち止まる。黒川さんがポケットからスマホをだすのを見て、わたしも自分の鞄(かばん)を探る。

二人でスマホを突き合わせるようにして連絡先を交換した。

わたしの電話帳に、新たに〝黒川悠生〟という名が追加され、黒川さんのスマホには〝池澤史香〟という名が加わった。

「悠生さんって、こういう字を書くんですね」

「読みづらいってよく言われるんだ」

「わたしもですよ。たまにシカとか言われます」

「それはすごい読み間違いだね。史香さん、可愛い名前だよ」

「悠生さんのお名前も可愛いですよ。……あ、男の人に可愛いって失礼でしたね。ごめんなさい」

「いや、褒(ほ)め言葉だ。うれしい」

黒川さんが笑った。低い美声と相まって、その容姿の素晴らしさが際立つ。

「史香さんのメガネ、似合ってるね」

「え、そうですか？」

「うん。よく似合ってる」

思わずメガネのふちに触れた。もう小さいころから慣れた存在なので、褒められるとなんだかくすぐったい。

照れるわたしを、黒川さんは優しいまなざしで見ている。なんか、ものすごくパーフェクトな人だ。こんな人が実在して、しかもわたしに声をかけているなんて信じられない。

お互いに照れ笑いをしながらスマホを仕舞い、また並んで歩きだす。

「休みの日は出かけることが多いの？」

「いえ、あんまり出かけないですね。里沙とは平日の夜に会うことの方が多いかも。なんか疲れちゃって、土日は家で寝てます」

「実家暮らしだっけ？」

「そうです。両親は働き者なんで、土日もいないことが多いですけどね。一人でゴロゴロしてます。黒川さんは？」

「おれ……僕は一人暮らしだけど、休みの日にずっと家にいるのは一緒かな」

「へえ。わたし一人暮らしはしたことがないんですよね。なんか、でるタイミングを失ってしまって」

「地元がこっちだとそうなるか。僕は地方の出身で、大学からここだから」

「そうなんですか」

最初の緊張はいつの間にかなくなっていて、黒川さんと普通に話せている。近寄り難い外見からは想像ができないくらい、彼の雰囲気は穏やかで心地よい。結局、駅まではあっという間だった。

「今日はありがとう。それじゃあまた連絡する」

「はい」

改札を入ったところで、黒川さんと別れる。黒川さんはわたしがホームへ向かう階段に差しかかるまで見送ってくれた。振り返って手を振ると、彼も手を振り返す。

階段を上がって、ちょうど来た電車に乗り込んだ。

――友だちになってしまった。

今日初めて会った、完璧な男性と。男はこりごりだなんて誓ったくせに、わたしってばどうしちゃったんだろう。彼が今まで出会ったことがないレベルのイケメンだったからだろうか。

……やっぱり怪しい。

こんなことってある？　よくよく思い返してみれば、今日の出来事はまるでお見合いみたいじゃないか。

　はたと思いつき、せっかく乗った電車をひと駅で降りた。そして里沙に連絡をして、買い物中の二人を駅近くのカフェに呼びだす。

「だいたいおかしいじゃない。いつも三人で会っていたのに、今日に限って急に第三者が現れて。しかもわたしと友だちになりたいだなんて。二人とも、なにか仕組んだでしょう。いったいなにを考えてるの？」

「あら、わたしは無関係よ。わたしだって初対面だもん」

「でも黒川さんが来ることは聞いてたんでしょ？」

「……さあ、どうだったかしら。そんなことより、あんなイケメンと友だちになれたんだから、それでいいじゃない」

　本当に知らないのだろうか。里沙の表情は読みにくいので判断がつかない。

「どうなのよ、俊くん」

　ならば、とギッと俊くんを睨むと、彼はひょいと肩をすくめた。

「黒川さんが大学の先輩で、偶然再会したのも本当だよ。仕事ばっかりしているみたいだったから、気分転換に誘ってみたの。一応、同業者と言えなくもないし。でもそれだけ。友だちうんぬんは、純粋にお前に興味をもったんだろ」

「本当に？」

「ほんとだって。だいたい黒川さんは悪い人じゃないし、怪しい人間でもなんでもないよ。だから変に勘ぐるなよ」

「そうよ。なにも恋人になってくれって言われてるわけじゃないんだから、難しく考えなくていいでしょ。それにあんなイケメン、めったにお目にかかれないわよ。目の保養だと思って愛でればいいじゃない」

二人に言われているうちに、わざわざ呼びだしたわたしが自意識過剰みたいに思えてきた。でも、なんだかうまく丸め込まれた気がしないわけでもない。

その後、まだ買い物の途中だった俊くんにぶつくさ文句を言われ、結局わたしが引き下がる形で二人とは別れた。

傷心のわたしを気遣って、二人が紹介してくれたのかと思ったのに。とんだ恥さらしだ。

電車に乗り直し、冷静になって考える。

――そうか、友だちか。あんなに素敵なのに、わたしと友だちになろうとするなんて、奇特な人だ。というか、あんなに素敵な人なら、彼女の一人や二人、いてもおかしくない。いやむしろいるだろう。いない方がおかしい。

――そうか。だから友だちなのだ。

変な誤解をしたのは、わたしの方だ。彼はわたしに、恋愛感情なんてもっていないのだ。

友だち。それなら、安心だ。なにがあっても傷ついたりしないだろう。恋愛だからこそ傷つくのだから。

なんだかちょっとホッとした。あんな風に傷つくのは、本当にもうこりごりだ。

電車の揺れに合わせるように、からだを揺らして目を閉じた。まぶたの裏に、黒川さんの笑顔が浮かんだ。

5

ランチ当日の夜、黒川さんからメッセージが届いた。そこには今日のお礼と、友だちになりたいと改めて書かれていた。

それから毎日、黒川さんとは友だち同士の何気ないメッセージのやり取りが続いている。今日はなにを食べたとか、なにをしたとか、本当に他愛ない内容だ。

わたしに新しくできたこの友だちは、長年の親友である里沙よりもまめに連絡をくれる。ただ、わたしにはこれまで男性の友だちはいなかったので、これが男女の友情として正しい距離感なのかは謎のままだ。ちなみにこれまでつきあってきた元カレたちとも、こんな風にひんぱんで、そしてなにげないやり取りはしたことがない。

黒川さんだって仕事で忙しいはず。からかっているだけなら、こんなに手間をかけないだろう。となると、わたしと友だちになりたいと言った黒川さんの気持ちは信じてもいいような気がする。

　彼とメッセージのやり取りで友人関係を構築するかたわら、わたしの仕事はさらに忙しくなっていた。新商品のアイデアが、どんどん具体的になってきているためだ。この味をだすためになんの成分が必要か、とか、はたまた競合他社の商品にはどういった成分がどれくらい含まれているか、とか。検査や試験の回数が日に日に増え、まとめなくてはならないデータも増加の一途をたどっている。

　その日も朝から慌ただしく動き、お昼過ぎになってようやく休憩する時間が取れた。お財布とスマホを持って研究室からでると、所長を含め、他の研究員たちが談笑している姿が目に入った。森さんの姿もある。

「池澤さん、やっと休憩？」

「はい」

　所長ににこやかに声をかけられた。

「開発の中島さんが、仕事が速くて助かってるって言ってたよ」

「本当ですか？　ありがとうございます」

　ストレートに評価されるのはやっぱりうれしい。所長からのこのひとことで、疲れが吹き飛んだ気がする。足取りも軽く部屋をでて、社内の売店でおにぎりと飲み物を買った。

休憩室のテーブルでおにぎりを食べて一息ついたとき、スマホの通知ランプが目に入る。黒川さんからのメッセージだった。時間はちょうどお昼休みあたりだ。

〝もし時間があれば夕食をご一緒しませんか？〟

あのランチ以降、なんでもないメッセージのやり取りはしている。だけど、こんな風に誘われたことはなかった。

どうしよう。

友だちになったとはいえ、男性と二人で食事というのは、やっぱり躊躇(ちゅうちょ)してしまう。今まで散々な目に遭(あ)ってきたから、相手がどんな男性であっても、これ以上深く関わりたくないというのが本音だ。でもそんなことを言いながら、毎日来るメッセージを少し楽しみにしている自分もいる。だからこそ、彼とは今のままでいたい。

里沙たちも一緒なら迷わないのに……。誘ってみるのはだめだろうか。

「本当にどうしよう……」

思わず声にでてしまった。

なんて返事を返したらいいのか。当たり障(さわ)りのない理由で断ることが一番いい気がするのだけど――

頭のなかでぐるぐると考えていたとき、ふと人の気配がした。顔を上げると、目の前に森さんが立っていた。

彼がわたしを見る目は、相変わらず冷たい。

「たまたまだからな」

やけにそっけない声で森さんが言った。

「はい？」

「たまたまなんだよ。君が開発のメンバーに選ばれたのは」

「はあ」

「本当は俺に来る予定の仕事だったんだ。当然だろ、俺が一番優秀なんだから。でも、今はプライベートが忙しいから辞退したんだ」

森さんが一番優秀かどうかはさておき、彼がプライベートで忙しいのは事実だろう。結婚式を間近に控え、その準備に追われているようだ。そんななか、お相手の彼女は体調が戻らないらしい。ずいぶん前から休みに入っていると風の噂で聞いた。それ故(ゆえ)か、森さんも早退や定時帰宅が多い。そんな状態では、毎日残業続きの開発部と仕事をするのは難しいだろう。

「そうなんですか」

そう返事をしつつも、なぜこんなことをわたしに言いにきたのか、不思議に思っていた。

「俺がやれば、必ず君以上の結果がだせる。俺の仕事を取ったくせに、みんなに褒められてるからって、いい気になるなよ」

「……はあ」

言うだけ言って満足したのか、森さんはさっさと去って行った。

その後ろ姿を見ながら、あんぐりと口を開けた。

そんな風に思われていたのかと、怒りを通り越して悲しくなった。

今のは、明らかに嫉妬だ。森さんの仕事を取ってもいないし、いい気になってもいない。見当違いも甚だしい。

勝手に浮気してその相手とデキ婚して、挙句なんでもっと傷つかないんだと怒られ、さらにはいらぬ嫉妬まで。

ほんの数か月前まで恋人同士だった相手の言動とは、とても思えない。

つきあっていたころの彼は、明るくて優しくて、いつもわたしを楽しませてくれていた。なのに、こんな風に豹変するなんて。本当に信じられない。

そしてわたしは、自分の男を見る目のなさを、改めて痛感した。

振られたのはわたしの方なのに、なぜ憎まれなくてはならないのだろうか。自分はなにも悪くない。そのはずなのに、ものすごくモヤモヤする。

「なによ、もう」

思わず声にだしたとき、スマホを握っていたことを思いだした。画面はさっきのメッセージのままだ。断ろうと思っていたのに、森さんから向けられた悪意を忘れるために、黒川さんに会いたくなってしまった。

二人を比べることに意味はない。意味はないけれど……。元カレからの悪意に傷ついたのだ。それを癒やすために、友だちにちょっとくらい甘えても許されるはず。

〃今遅めのお昼ご飯中です。今日は十九時過ぎに終わる予定です。そのあとでもよければ〃

残っている仕事量を考えながら、メッセージを送信した。

彼のお昼の休憩時間は過ぎているだろうから、返事がいつくるかはわからない。定時ごろには返事が来るだろうと席を立とうとしたそのとき、スマホが震えた。

「あれ、早い」

それは黒川さんからの返事のメッセージだった。

〃お疲れさまです。忙しいところにごめんね。時間は何時でも大丈夫です。終わったら連絡をください。無理はしなくていいので〃

黒川さんらしい、簡潔だけど優しいメッセージだ。

〃ありがとうございます。終わったら連絡するのでよろしくお願いします〃

そう返事を入れて、席を立った。研究室に戻ると、みんなすでに自分の持ち場に戻っていた。森さんとも顔を合わせずにすんだことに内心ホッとしつつ、残りの仕事に取りかかる。

　森さんからかけられた悪意ある言葉も気になるけれど、今、頭のなかを占めているのは、黒川さんのことだった。あんな返事をして、本当によかったんだろうか。やっぱり、会わない方がいいのではないか。いくら友だちとはいえ、男の人と二人で会うのはどうなんだろう。

　なんて、いまさら考えても、すでに返事をしてしまったのだから仕方がない。むしろ、こうなったらとことん楽しむべきだろう。

　頭を切り替えて、仕事に集中する。研究室と開発部を何度も往復し、パソコンに何時間も向かい――ようやく仕事を終えたのは、十九時少し前だった。帰り支度をしながら化粧を直し、黒川さんにメッセージを送る。

〝今終わりました。どこへ行けばいいですか？〟

　返事が来たのは約一分後。

〝駅で待ち合わせしよう〟

　そこに書かれていたのは、会社の最寄り駅から数駅先の、大きなターミナル駅の名だった。わたしの通勤ルートでもある。

〝わかりました。三十分後くらいには着きます〟

返信をして、研究室をでた。正面玄関のあるロビーには、いつもより早い時間のせいか、帰宅する社員らが大勢いた。週末だから、これから飲みに行くのかもしれない。ざわざわと賑わっている。

その脇をすり抜け、外にでた。そろそろ梅雨を迎えようとしているこの時期、吹いている風は湿り気を帯びていて、どこか蒸し暑い。

改札口にたどり着いたときには、少し汗ばんでいた。曇ったメガネを拭き、満員の電車に乗る。目的の駅で、大勢の人と一緒に吐きだされるように電車を降りた。

駅は人でごった返していた。果たして黒川さんを見つけられるだろうかと心配になりながら、指定された改札口を目指す。

心配は、杞憂に終わった。待ち合わせの改札口をでたすぐのところに、黒川さんが立っていたのだ。通路の柱に少しだけもたれ、その視線はまっすぐにわたしに向かっている。

こんなにたくさんの人がいるなか、一瞬で彼を見つけられたことが不思議だった。イケメンからは、ほかとは違うオーラがでているのだろうか。そんなことを考えつつ、改札を抜ける。黒川さんがからだを起こし、笑顔を見せた。思わず微笑み返してしまうような、柔らかな笑い方。直接会ったのは二度目なのに、もうなじんでしまったような気がする。

「こんばんは」

「こ、こんばんは」

低い声は変わらず澄んでいる。黒っぽいスーツは、彼によく似合っていた。

「忙しいのに、来てくれてありがとう」

「いいえ、こちらこそ誘っていただいてありがとうございます」

「なにか食べたいものある？」

「えっと、特には。なんでも大丈夫です」

「じゃあ、僕が知っている店でいい？」

「もちろん」

それじゃあ、とわたしを促して、黒川さんが歩きだした。大勢の人が行き交う通路を、二人で並んでゆっくりと歩く。黒川さんは背が高くて脚も長い。きっともっと早く歩けるはずだけど、わたしに合わせているようだ。

「お待たせしてしまいましたか？　黒川さんもお忙しいんですか？」

歩きながら尋ねると、黒川さんがこちらを見た。

「いや。忙しいけど、わりと自由が利くから」

そうなんだと思いつつ、頷く。製造と言っていたから、工場勤務を想像していた。工場の方が時間に厳しいと思っていたけど、西城食品ではそうでもないのかもしれない。

「史香さんはいつもこのくらいに終わるの？」

「時間は結構バラバラです。遅いときはもっと遅いですし。今はちょっと込み入った仕事をしてるので、しばらくは遅いと思います」

「そっか、大変だね」

「でも、やりがいはありますから」

へらっと笑うと、黒川さんも笑った。なんて穏やかな人なんだろう。森さんのせいでささくれていた気持ちが落ち着いてくる。

「ここだよ」

いつの間にか、駅から少し離れた場所を歩いていた。黒川さんが脚を止めたのは、おしゃれなビルの前だ。

「ここの二階なんだ」

そう言って、ビルの外にあるらせん階段を上がる。そこは、とってもおしゃれなイタリアンレストランだった。

「わ、素敵なお店」

「パスタがおいしいんだ」

黒川さんはそう言うと、ドアを開けてわたしを先に通してくれた。

「ありがとうございます」

なかに入ると、いい香りが漂ってくる。店内はカジュアルな雰囲気で、仕事帰りの女性もたくさんいた。

店員に案内され、通された席は窓際。街灯の明かりがキラキラと輝いて見えた。黒川さんおすすめの、パスタのコースを注文する。

「お酒は飲める？」

飲み物のメニューを見ていた黒川さんがわたしを見た。

「飲めますけど、明日も仕事なのでやめておきます」

答えると、食後のドリンクとしてコーヒーと紅茶を頼んでくれた。

「あの、よかったら黒川さんだけでも飲んでください」

「いや、週末なら遠慮しないんだけど」

黒川さんが笑い、二人でお水の入ったグラスで乾杯した。

「お仕事お疲れさま」

「黒川さんこそお疲れさまです」

グラスの向こうで穏やかに微笑む黒川さんに、思わず見惚れてしまう。

ドキドキしつつ、食事がスタートした。前菜から始まるコース料理。黒川さんは食べ方もきれいなので、粗相をしないようにと最初は緊張していたのだけれど、すぐに食べるのに夢中になってしまった。

「わ、このパスタおいしい。もちもちしてる」

「ここは生パスタなんだ。チーズはイタリアから直輸入してるらしいよ」

「へー」

「岩塩を使ってるから、うま味があるね」

「ほー」

黒川さんは味覚にも優れているようだ。

料理もおいしいし、お店の雰囲気もすごくいい。見渡した感じ、女性客の方が多い気がする。こんなお店に黒川さんはよく行くんだろうか。誰かに教えてもらったのかな。

「本当に素敵なお店ですね。もしかして彼女さんと来たりするんですか？」

さりげなく聞いたはずなのに、黒川さんはあからさまにギョッとした。彼のフォークを持つ手が止まる。

「……彼女はいないし、女性と来たのも史香さんが初めてだよ」

「あら。ごめんなさい」

「いや」

さっきは一瞬動揺したように思えたけれど、もう普段の黒川さんに戻っていた。穏やかに笑っている。

……彼女、いないんだ。

ああ、でもそりゃそうだよね。もし彼女がいるなら、こんな風に誘ったり、毎日メールなんてするわけがない。実際そんな男は何人も存在するのだけれど――黒川さんはそんな男ではないはず。

苦い記憶が蘇りそうになり、頭を振る。

「どうかした？」

「え？　いえっ、虫がいたみたいで」

えへへと笑ってごまかす。

「そろそろデザートにしようか？」

「はい」

食べ終わったお皿を下げに来た店員に、デザートを頼む。そのタイミングも素晴らしい。

黒川さんは、本当にすごく気が利くようだ。顔もめっちゃハンサムで、優しくてスマートで、お上品だけど嫌味がない。

完璧なのに、彼に恋人がいないなんて信じられない。こんな人が近くにいたら、女性が放っておくわけがないのに。

もしかして、なにか重大な欠点があるんだろうか。こう見えて、ものすごいDV気質とか？

あとは——たとえば、一番目の元カレみたいに嘘つきだったり、二番目の人みたいに恋人はいなくても遊び相手は大勢いる、とか。三番目のあの人みたいに借金まみれとか、もしくは現在進行形で二股中……実は既婚者とか隠し子がいるとか。

「どうかした？」

「えっ」

我に返ると、黒川さんが心配そうな顔をしてこっちを見ていた。いつの間にか来ていたデザートにも気づかず、わたしは一人で妄想していたらしい。

「ご、ごめんなさい、大丈夫です」

慌ててスプーンを取り、盛りつけられたジェラートをすくう。

「おいしいですね」

ごまかすように笑うと、黒川さんも笑顔になった。

だけど、おいしいデザートを食べても、嫌な想像は消えなかった。こんな完璧な人が、どうしてわたしを誘うのか。理由がわからなくて、モヤモヤするのだ。なんとなくだけど、黒川さんが純粋な友だち関係を求めているわけではない気もしていた。でも、だからこそ、彼の行動の意図がわからない。

誘ってくれたということは、それなりに好意を抱いてくれているのだろうか。だけど、それを素直に受け止めることは難しい。

なんの接点もない、ただ友人の友人として会っただけだ。わたしになにかものすごい魅力がある、とかなら納得したかもしれない。だけど悲しいかな、そんなものがないことはわたし自身が一番よく知っている。

はっ。もしかして、俊くんに恨みがあるんだろうか。で、その矛先がわたしに、とか？　もしそうだとしたら、俊くんをとっちめなくては！

「大丈夫？」

「はっ！」

ああ、またやってしまった。一人で妄想の世界に入り込んでいた。黒川さんがさっきよりも心配そうな顔で、わたしの顔を覗き込んでいた。

「ご、ごめんなさい。ちょっと仕事のことを考えてしまって」

「そうか、研究の仕事をしてるんだっけ。大変だね」

「そ、そうなんです。いろいろ気になることがあって」

とっさにごまかすために嘘をついた自分が嫌になる。嘘つきが、一番嫌いなのに。

結局、せっかくの食事は気まずいまま終わってしまった。

駅まで戻る間も、会話は弾まない。

「じゃあ、ここで」

改札の前で黒川さんが立ち止まった。彼は別の路線で帰るようだ。

「はい。今日はありがとうございました。ごちそうさまでした」

「いや、こちらこそ。……またね」

黒川さんはなにか言いたそうだったけれど、結局それ以上なにも言わなかった。

「それじゃあ」

改札に入り振り返ると、黒川さんはまだそこにいた。ぎこちない笑みを浮かべて手を振ると、小さく手を上げてくれた。ホームに上がる階段に向かう間も、背中に視線を感じる。

せっかく誘ってくれたのに、失礼な態度をとってしまった。こんな風に気まずい状態にするつもりはなかったのに。

呆(あき)れられてしまったかもしれない。もう、連絡もくれないかも——

そう思ったら、結構ショックだった。でも、それはそれでいいのかもしれない。関わらなければ、自分が傷つくことはないのだから。

電車に揺られながら、また思いだすのは黒川さんの優しい表情だった。

❀

なにか失敗したのだろうか。

ホームへ向かう彼女の後ろ姿を、見えなくなるまで見送った。

最初こそ笑顔を見せてくれたけれど、徐々に元気がなくなっていったように思えたのは、果たして気のせいだろうか。

食事中の会話を思いだしてみても、なにが悪かったのか心あたりはない。店のチョイスを誤ったのだろうかと考えてみても、なにもわからない。

俺、黒川悠生は今年三十二歳になる。

これまで、それなりに女性とはつきあいがあったけれど、そのどれも、ほとんど記憶にない。自分でも不思議だけれど、いつの間にかつきあって、いつの間にか別れていることがほとんどだった。知らない間に女性同士で争いがあったとかなかったとか。

どちらかと言うと、これまで仕事に重きを置いていたので、恋愛にはさほど興味がなかったのだ。だから、今になって自分の恋愛偏差値の低さに困っている。

史香さんには、初めて会ったときから強烈に惹かれるものがあった。その理由は、うまく説明できない。自分のなかにこんな感情があるということに、一番とまどっているのは俺自身だ。それでも、とまどいはしても引く気はなかった。

いきなり告白しても困るだろうと思ったので、まずは友だちになってもらうことにした。が、その先どう進めていいのかがわからない。

「電話してみるか」

人込みを避けて端に寄り、スマートフォンで山本の番号を探す。

　山本俊は大学時代の後輩で、史香さんの友人でもある。山本とは何か月か前に偶然再会して以来、なにかと連絡をとりあうようになっていた。といっても、俺が一方的に連絡を入れていると言えなくもない。

『もしもし？　どうしました？』

山本の呑気な声が聞こえた。背後から賑やかな声が聞こえるので、自宅でテレビでも見ているのだろう。

「史香さんと食事に行った」

『……なるほど、進歩ですね』

「でも、だんだん元気がなくなっていったんだ。なにか失敗したんだろうか」

さっきの食事のことを簡単に説明した。

『疲れてるだけじゃないですか？　今開発の仕事してるみたいだし』

結構忙しそうですよ。と、山本がつけ加える。

「そうならいいんだが……」

『だいたい、女なんて気まぐれなんですよ。急に不機嫌になったり、つまらないことに怒りだしたり。理由なんてあるようでないんです。暑いとか寒いとか疲れたとか。どうせ日を改めたらケロっとしてますって』

やけに力んだ発言だな。

「誰のことを話してる?」

『……一般論ですって』

「なるほど」

そういうことにしておこう。

『まあ、女性は急に誘われても困ることもありますからね。今度は前もって誘えばいいんじゃないですか?』

「そうだな。そうするよ」

『でも、先輩。あくまで慎重にお願いしますよ』

最後に念を押すようにそう言って、山本は電話を切った。

「言われなくても慎重にするさ」

切れたスマートフォンに向かってつぶやく。

ここで焦って失敗するわけにはいかない。それは自分が一番よくわかっていた。

6

もしかしたらこれで終わりかもしれないと思っていた黒川さんとの友だち関係は、予想に反して続いている。あのなんとなく気まずい空気での別れのあと、なんとその日の夜遅くにメッセージが届いたのだ。

〝今度はもっと時間のあるときに会おう〟

責める言葉が一切ないシンプルなメッセージは、当初と変わらない。そのことに、ホッとした。

――もしかしたら、彼は本当にいい人なのかもしれない。そして、裏もなくわたしを食事に誘ってくれたのかもしれない。だとしたら、わたしの態度は本当にひどいものだ。次はもっとちゃんとしようと、心に誓った。

二度目のお誘いがあったのは、それから数週間後だった。今度は、前日の夜に連絡があった。

〝よかったら明日、夕食をご一緒しませんか？〟

前回は急に誘ったから、わたしが上の空だったと黒川さんは思ったのだろう。だから、優しい彼は、前もって連絡することにしたようだ。どこまでも気が利く人。

〝明日はたぶん、この前と同じころに終われると思います。わかり次第連絡しますね〟

〝わかりました。こちらは何時でも大丈夫なので〟

メッセージのやり取りを終え、ホッと息をつく。明日は金曜日。今のところ急ぎの仕事も入っていないから、おそらく通常通りに終われるだろう。

その予想通り、その日はほぼ定時に終わることができた。

黒川さんには予定がわかった時点で連絡をしていたので、待たせることもないはずだ。それでも、足早に駅へと急ぎ、前と同じ待ち合わせ場所に向かった。

少し前から梅雨が始まり、このところ雨続きだ。湿気の多い構内を、人々が持つ濡れた傘に当たらないように、すり抜けながら歩く。

今度は前よりも早く黒川さんを見つけた。彼は前と同じ場所に立っていて、これまた前と同じようにわたしを見つめている。改札を抜ける前に手を振ると、彼はホッとしたような笑みを浮かべて手を上げた。

「こんばんは、お待たせしてすみません」

「いや、こっちもさっき来たところだから。なにか食べたいものある？」

「そうですね、今日は和食な気分です」

前回の反省を踏まえ、今度は前向きでいこうと、テンション高めで言ってみた。黒川さんはちょっと考えるそぶりのあと、ポケットからスマートフォンを取りだした。

「おいしい小料理屋があるんだ。空いてるか聞いてみる」

そう言いながらわたしの腕を引いて、人通りの少ない脇に誘った。それから、わたしに待っていてねと目で合図して、電話をかけはじめる。

なんというか、一事が万事スマートな人だ。この外見に、この行動。こんな人が現実に存在しているなんて、本当に驚きだ。

電話はすぐに終わった。

「ちょうど席は空いてるって。行こう。歩いてすぐのところだから」

「わざわざすみません」

「いや。知り合いの店なんだ」

黒川さんが照れたように笑う。一気に彼の雰囲気が柔らかいものになった。見た目クールビューティーなのに、そのギャップは反則だ。

なんだか、自分が特別なものを見ているようで、ドキドキする。すごくきれいで貴重なものを見ているような——

お友だちって、こんなにドキドキするものだったっけ？　かつての恋人相手にさえ、こんな風にときめいたことはない。

自分の感情に戸惑いつつ、黒川さんに促されて歩きだす。地上へとつながる階段を上がり、傘をさして一分ほど歩いたところで、彼が脚を止めた。ビルの一階に小さな暖簾がかかっている。初めて入るには少し勇気が要りそうな格子の引き戸を、黒川さんは躊躇なく開けた。

「どうぞ」

黒川さんが開けてくれた引き戸から、なかに入る。

「いらっしゃい！」

目の前には木のカウンター。その向こうには板前さんがいて、愛想のいい笑みを浮かべていた。表からは想像がつかないほどなかは明るく、すべて木でできた内装は温かみがあった。十席ほどのカウンターはすでに埋まっている。

「いらっしゃいませ。あら」

奥からでてきた女将が、わたしの後ろに続いている黒川さんを見て、にこりと笑った。

「いらっしゃい、黒川さん。珍しくお電話いただいたと思ったら、ずいぶん可愛らしいお連れさんだこと」

女将がわたしにも笑みを向け、どうぞとなかに促した。

「女性と一緒なんて、初めてじゃないですか？」

カウンターのなかから板前さんが言い、黒川さんが照れたように頭をかいた。

「どうぞ、ごゆっくり」

通されたのは三畳ほどのお座敷の個室だった。真ん中に置かれたテーブルを挟んで、黒川さんと向かい合わせに座る。

「こちらにはよく来られるんですか？」

熱いおしぼりで手を拭きながら尋ねると、彼は再び恥ずかしそうな顔になった。なんだか、可愛い。

「上京したころはほぼ毎日来てたかな。今でも週に一度は必ず。自炊をしないから」

「そうなんですか」

頷いたところへ女将がやって来た。

「お待たせしました」

そう言って、料理の載ったお皿を並べ始める。まだメニューすら見ていないのに？

「ここは大将が好きなものをだしていくお店なんだ」

わたしが驚いたのを察したようで、黒川さんが説明してくれた。

「適当にでてくるから、もし食べられないものがあったら遠慮なく言って。僕はこう見えても大食いだから」

「はい。でも好き嫌いはないから大丈夫です。それに、お腹も空いてるし」

そう答えると、黒川さんは「よかった」と言ってきれいな顔で笑った。

黒川さんの言った通り、料理は次々と運ばれてきた。煮物、焼き物、お刺身、揚げ物、汁物にお漬物。会席料理のように順番があるわけでもなく、皿に二人分盛られた料理がじゃんじゃんと。

テーブルはあっという間に料理のお皿で埋め尽くされた。

気配り上手の黒川さんが、取り皿にお料理をよそってくれる。わたしもお櫃に入ったご飯をよそって、彼に手渡した。

「家で食べてるみたいですね。料理は比べものにならないくらい豪勢ですけど」

「味もおいしいんだよ」

そう言われて、早速煮物を口に入れる。

「わ、おいしい」

柔らかく煮えた野菜は、どこか懐かしい味だった。そう、いわゆるおふくろの味。地方から上京してきた彼が、毎日通ったというのもわかる気がする。

「ここの野菜は契約農家から直接取り寄せてるんだ」

「へー」

「魚介類も、大将が毎朝自分で仕入れに行ってるしね」

「なるほど。だから新鮮なんですね」

並んだ料理を、二人で次々と平らげていく。本人が言った通り、黒川さんは見かけに似合わず大食漢だった。でも決して食べ散らかすわけではなく、所作もとても美しい。

もちろん、今回は会話も忘れない。とはいえ、仕事の詳しい話はできないから、当たり障りのない内容に終始するしかない。男運の悪さ以外に特に持ちネタがあるわけではないわたしにとって、会話の糸口を考えるのは結構つらい作業だ。それでも、おいしい料理に救われ時間はあっという間に過ぎていった。

「黒川さんはおいしいお店をよくご存知ですね」

デザートの白玉団子を食べながら彼に言った。

「食べ歩きが趣味なんだ。仕事の一環でもあるんだけど」

「ああ、だからいろいろ知っているんですね」

食品会社に勤務しているのだから、食に関心が高くなるのは当然だろう。市場チェックも欠かせないのかも。

最後に温かいお茶を飲んだ。お腹ははち切れそうなほど満腹だ。ずっと座っていた脚もちょっと痺れているし、今すぐにでも寝ころびたい。でも、目の前でビシっと背筋を伸ばして座っている黒川さんの前で、そんなことができるはずもなかった。

「すごくおいしかったです」

「よかった」

わたしが言うと、黒川さんがホッとしたように笑った。

――ずっと抱いていた疑問を、投げかけるなら今かもしれない。

不意にそう思い、もう一口お茶をぐいっと飲んでから姿勢を正して、黒川さんを見つめた。

「あの、ひとつ聞いてもいいですか？」

「うん？　どうぞ」

「どうして、黒川さんはわたしを誘ってくれるんですか？」

「どうしてって、好きだから」

なんて直球。それに思いっきり真顔だし……

「えっ、いや、それは、ちょっとそれで……」

「ああ、でも、まだ友だちでいいよ」

ワタワタしてしまったわたしを哀(あわ)れに思ったのか、黒川さんがあっさり言った。

「まだって、あの、そういうことじゃなくて。いや、そういうことなんですけど」

うまく言えなくて、さらにワタワタしてしまう。

「史香さんのどこがいいか、とか、そういうこと？」

さすが察しのいい黒川さん。

「……恥ずかしいですけど、そうです。だって、初めて会ったときだって、ほとんど話さなかったし」

それなのに、いきなり友だちだなんて。理由もわからないまま、ずるずると連絡をとったり会ったり、の関係を続けるのは性に合わない。

「そうだなあ……」

黒川さんはふと空を見つめたまま、固まってしまった。視線はまったく動かない。なんだかこっちが心配になるほど、フリーズしている。

そんなに答えづらい質問だったんだろうか。

「あ、あの、黒川さん？」

恐る恐る声をかけるけれど、まだ固まったままだ。

「おーい、大丈夫ですか？」

目の前で手をひらひらと振ると、黒川さんがぱちぱちと瞬きをして、ようやくこちらに顔を向けた。

「大丈夫ですか？」

「あ、うん。えっと、理由だよね？」

「は、はい」

いったいどんな答えが返ってくるのだろうと、息を呑む。

「うーん、しいて言えば、おいしそうに食べるところ、かな」

「……え、そんなとこ？」

「結構大事だよ」

真面目にそう言った黒川さんに、はあ、と頷く。

「そうなんですか……」

「あとは、もっと笑顔が見たいと思って」

「笑顔……？」

「うん。史香さんは、笑ってる方が可愛いよ」

「かっ……」

じっと見つめられたまま言われ、頬が赤くなるのがわかる。

可愛いだなんて、今まで男の人に言われたことがあっただろうか？　真面目だとか意外とおもしろそうだとかはあったかもしれないけれど、可愛いって言葉は記憶にない。

いや、あったとしても、今の黒川さんに全部上書きされた。

「あ、ありがとうございます」

なんと返していいのかわからなくて、結局お礼になってしまった。

「どういたしまして」

黒川さんがまた柔らかく微笑む。その表情は穏やかだけど、どこか大人の男の色気のようなものを感じた。

自分で話を振ったのに、この状況をどうしていいのかわからない。

これは、本気なのだろうか？

彼に嘘をついている気配はないけれど、かといって照れるとかそういった気配もない。直球だ。あからさまなこの好意を、どう受け止めていいのか——過去の恋愛が頭を過り、不安が押し寄せる。

ここで踏み込んで、また失敗するのは怖い。

急に顔が強張ってしまったわたしに気づいたのだろう。なだめるように、黒川さんが言った。

「大丈夫。友だちだよ」

そう。友だちだ。友だちなら、今までの元カレとのことみたいに傷つくことはないはず。

「——はい」

なんとか返事をした。そして、おかしくなってしまった空気を変えようと微笑んでみる。けれど、うまく笑えない。

「そろそろ行こうか」

黒川さんがだしてくれた助け舟に頷き、帰り支度をして立ち上がった。

「ありがとうございます。またいらしてくださいね」

女将に見送られて店をでた。雨はまだ降っている。

「今日もごちそうになってしまってすみません」

「いや、誘ったのは僕だから」

穏やかに笑う彼に、もう一度頭を下げる。

前回も今回も、食事代は黒川さんが支払ってくれていた。そのやり方はとてもスマートで、わたしがレジの前で財布をだすタイミングすらない。

同じ道を通って駅に戻り、前回と同じように改札口で別れる。

「じゃあ、また」

「はい」

改札を抜けて振り返り、まだこちらを見ている黒川さんに、なんとか笑みを浮かべて手を振る。

……疲れた。なんだかどっと疲れた。

前回のことを挽回（ばんかい）しようと、張り切り過ぎてしまったかもしれない。それに、黒川さんが素敵すぎて、少しも気を抜けなかった。それは、友だちだと言いながらも、彼によく思われたいとわたし自身が心のどこかで思っているせいだ。

——でも、それも当然でしょ。あんな素敵な人なんだよ。緊張するに決まっている。

満員電車のなかでため息をつく。あんなにおいしい料理を食べたあとなのに、この前よりもうまくできたはずなのに……。なぜか心は落ち着かなかった。

また一週間が始まる。新商品の開発も着実に進んでいて、秋の新作発表会に向けて、社内全体が慌ただしくなっていた。新感覚の口溶けを謳うチョコレートは、今の流行をくんでいる。他社とどれだけの差がつけられるかが、重要なのだ。

商品名も「ふわとろチョコ」にほぼ決まった。

他の人が忙しくなるのに反比例して、わたしの仕事は落ち着きを取り戻し始めていた。新商品はほぼでき上がっているので、ここまできたらわたしの出番はほとんどないのだ。

そういうわけで、このごろは、わたし専用の研究室をでて仕事をすることも多くなっていた。よって、図らずも森さんと顔を合わせる機会が増えている。

とはいえ、もう森さんにはなんの未練もないので、冷たい目で見られてもへっちゃらだ。

黒川さんからのメッセージは、あれからも毎日来ている。彼からの連絡は、すっかりわたしの日常になっていた。メッセージが来る時間帯は夜が多かったけれど、時々昼間に届くこともある。

工場とかの現場勤務は、日中スマホを触れないと思っていた。でも、そんなこともなさそうだ。というより、彼は管理職なのかもしれない。工場であっても、パソコンや書類と向き合っている仕事なら、スマホを常時携帯していてもおかしくはない。

とはいえ、これはすべてわたしの想像だ。部署は違えどライバル会社だから、お互いの仕事の話をしないことは暗黙の了解になっている。そういうわけで、いまだに彼がどんな仕事をしているのか本当のところは知らない。

それに、黒川さんのことはうちの会社の人たちには内緒にしている。ライバル会社の人と親しい、となると、情報漏えいなどで問題になるかもしれず、面倒だからだ。でもまあ、プライベートな話ができるような同僚もいないので、その辺りはまったく問題ないのだけれど。

「だけどなあ……」

問題なのは、この先のことだ。

あんな風に直接言われて、このまま友だちづきあいを続けていいものか、わたしは悩みに悩んでいる。

過去のトラウマがなければ、好意を向けられていると手放しで喜ぶのだろうけど、やっぱりそうはいかない。まだ男性とつきあう気にはなれないのだ。そんな気もないのに、連絡をしあったり、会ったりするのはどうなんだろう。しかも、二人きりで。

「どうしたもんかなぁ」

思わず声にでてしまったけれど、近くに人はいない。それをいいことに、わたしははーっと盛大にため息をついた。そのとき、薬品が並んだ棚の陰から、森さんがひょいと現れた。

「ひっ」

驚いて叫びそうになった声を、なんとか抑える。この棚の奥はわたしが開発の仕事をするときに専用に使っている研究室だ。そんな場所からいきなり現れた森さんは、驚きで固まるわたしを気にする風もなく、近寄ってきた。

「なんだか、機嫌が悪そうだな」

気を使っているともとれる言葉なのに、まったく温かみを感じないのは不思議だ。

「わかった、拗ねてるんだろ？　結婚式に呼ばなかったから」

「は？」

「仕方がないだろ。由奈のリクエストで親族のみだったんだから」

「いやいや」

「でもまあさすがに、元カノを呼べないだろ？　呼びたくてもさ」

手まで振って否定しているのに、森さんは聞いていない。

すっかり忘れていたけれど、そういえば森さんはついこの前結婚式を挙げたのだった。

お相手の彼女がジューンブライドに憧れていて、この時期になったらしい。

彼女とのことを職場でもずっと話題にしていたから、上司や同僚をたくさん招いて盛大な式を挙げるのかと思いきや、両家だけのこぢんまりとした式にしたらしい。がっかりしている同僚も多かった。

「由奈がまだ体調不良で新婚旅行に行けなくてね。彼女、しばらく実家に帰っているんだ。だから、俺も仕事に専念できるよ。次の開発との仕事もそろそろ始まりそうだしな」

「はあ」

森さんは散々一人で言ったあと、機嫌よく去って行った。彼の言動は、相変わらずまったく理解できない。恋人としてつきあっていたとき、彼はこんな変な人ではなかったと思うのだけれど。

今でもまだ、わたしを傷つけたいのだろうか。けれど、そんなことで傷つく時期はとっくに過ぎているのだ。そろそろ察すればいいのに。

それにしても、彼はなぜあそこにいたのだろう？

傷つくことはないけれど、だからといって平気なわけでもない。仕事をしながらも、しばらくはムカムカした気持ちが収まらなかった。

黒川さんからお誘いがあったのは、その日の夜のことだった。

〝今度の日曜日、映画にでも行きませんか？〟

さらに続くメッセージのなかに、自分でも観たいなと思っていた映画のタイトルが書いてあった。

こ、これは、いよいよ完全にデートなのでは？　いや、友だちだから、ただのお出かけか。でもどうしよう。

悩むのは、心の底では、わたしも黒川さんと過ごすことを楽しく思っているからだ。

気は使うけれど、それでも会いたいなーと思うくらいには、好意を抱いている。

友だちなんだから、楽しく過ごすくらい、いいよね？　映画も観たいし。なんたって、元カレである森さんの方は結婚式まで挙げてるんだから、わたしが一人で沈んでいる必要はどこにもないはず。

〝お誘いありがとうございます。ぜひ行きましょう〟

そう返事をすると、しばらくして待ち合わせの場所と時間が返ってきた。

手帳に、その予定を書き込む。久しぶりの感覚だ。

楽しみだと思うと同時に、不安も感じた。完璧な黒川さんをがっかりさせたくないという思いと、がっかりさせられたくないという思い。

「友だちなんだから、適当でいいのよ」

自分に言い聞かせるように、そうつぶやいた。

約束の日曜日はあっという間にやってきた。映画は午後からだけど、その前に会って食事をする予定だ。あくまでもデートではないのだからと、張り切った格好ではなく、カジュアルな服を選んだ。家をでて、ぶらぶらと駅まで歩く。まだ梅雨（つゆ）が続く空は、どんより曇っていた。

待ち合わせ場所で、黒川さんは相変わらず輝いていた。いや別に派手な格好をしているわけじゃない。黒っぽいシャツに黒いパンツ姿で、むしろシンプルといえる。ただ、その整った容姿は隠しようがなく、わたしの目にはスターのように映っていた。

「お待たせしました！」

「大丈夫、そんなに待ってないよ」

駆け寄ると、黒川さんが笑った。その顔は、うっとりするほど艶やかだ。

並んで映画館に向かう。

「まず先にチケットを買おう。席も選べるみたいだから、好きな場所教えて？」

「はい、ありがとうございます」

なるほど。映画の席にも好みがあるもんね。さすがは気配り上手な黒川さん。感心している間に、映画館に着いた。上映時間を確認して、チケットを買う。どの座席がいいのかはよくわからなかったので、受付のおねえさんにおすすめの場所を聞いて選んだ。

「じゃあランチにしようか。今日はなに食べたい？」

「うーん、ラーメンとか？　最近食べてないんで」

「ラーメンか、いいね。有名なところを知ってるけど、ちょっと並ぶかもしれない。平気？」

「はい、大丈夫です」

「なら行こう」

さすがは黒川さん、ラーメン屋さんにも詳しいんだ。こうやって、急に言われても躊躇しないって、本当にすごいなぁ。優柔不断さはまったくなく、かといって強引じゃない。きっと、女性の扱いに慣れているのだろう。

でも優しいんだけど、女ったらしの雰囲気は一切ないんだよね。チャラさもないし、軽くもない。ただただ、紳士的なのだ。

そんな紳士な黒川さんと並んで歩くこと約十分、十人程度の行列を見つけた。小さな店構えは、いかにも人気ラーメン屋という感じだ。

「こういう店はおいしいんだけど、ゆっくりはできないんだよね」

列の最後尾に並びながら黒川さんが言う。まあ、回転の速さがラーメン屋の売りだし、カウンターしかないようなお店だから仕方がない。

「パッと食べて、映画館でお茶でも飲んで待ちましょうよ」

「そうだね」

十五分ほど待ってなかに入ると、運よく二人並んでカウンターに座れた。わたしはお店イチオシという定番のとんこつラーメンを、黒川さんは新メニューの創作和風ラーメンを頼む。ほどなくして、ラーメンが運ばれてきた。曇らないようにメガネを外し、ラーメンをすする。

「おいしい！」

「これ、隠し味に梅干しが入ってるな」

黒川さんがこっそり言うと、カウンターのなかで店主が苦笑した。

「お客さん、よくわかりましたね。でもそれ、内緒にしといてくださいよ」

二人で顔を見合わせて笑う。やっぱり、黒川さんの味覚はとてもするどい。

わたしが食べ終わるタイミングに合わせてくれたのか、黒川さんと同時に食べ終えた。

そろって店をでる。

「おいしかったですね」

ようやくホッと息をつけた。

「なんだか緊張するよね」

黒川さんも笑顔を見せる。

確かにラーメンっておいしいけど、店の雰囲気によっては異様に気を使うのだ。自分だけかと思っていたけれど、グルメな黒川さんも同じなのだと知って気が楽になった。

「じゃあ、映画館に戻ってゆっくりしましょう。お茶飲めるところありましたよね」

「あったと思うよ」

ラーメン屋では言えなかった、味や店内の感想を言い合いながら、映画館に戻った。

開場までまだまだ時間があったので、飲み物とパンフレットを買って、ラウンジにある座り心地のいいソファに落ち着いた。

「映画は久しぶりです」

「僕も。観たいと思っても、なかなかね」

「そうですよね。わたしも一人だと腰が重くて。だから、誘っていただけてよかったです」

「いや、こちらこそありがとう」

こんな風に笑顔を見せられたら、嫌でもときめいてしまう。

黒川さんが声をかけたら、どんな女でも喜んでついてくるだろう。それほどまでに、彼は素敵な容姿をしているのだ。

黒川さんと一緒にいるとき、女性からの視線をいくつも感じる。あからさまな侮蔑(ぶべつ)の目で見られたこともある。

〝あんたには似合わないわよ〟

そんな言葉が聞こえてきそうだ。でも、それはわたしが一番よくわかっている。

黒川さんは完璧だ。もし恋人だったら、女性にとって完璧な彼氏になるだろう。それに対して、わたしはどこまでも普通の女だ。まあ、男性遍歴(へんれき)は決して普通とは言えないかもしれないけど。

そんな完璧な彼の隣にいても、わたしが不快な気分にならないのは、黒川さんがいつもわたしを見ているからだ。彼をうっとりした目で見る女性が何人いても、黒川さんの視線はぶれることなくわたしに向けられている。

その視線は一途で、わたしを戸惑わせる。戸惑うけれど、でも、今の関係を失いたくない。

黒川さんは理想の恋人だ。完璧なエスコートと完璧な知識、ギャップのある柔らかな笑顔を見せる、完璧彼氏。

だがしかし！　これまでのわたしの男運からいって、このまま幸せになれるはずがない。だから、黒川さんから好意の言葉を聞いても、当たり障りないお友だちでいたいのだ。これで裏切られたら二度と立ち直れないだろうことは、容易に想像できる。

「どうかした？」

「え？　あ、ごめんなさい。……ちょっと映画のこと考えてました」

心配そうな黒川さんの顔を見て、しまったと思った。こんな表情を、何度させたことだろう。

ネガティブな考えを払拭して、なんとか会話を続ける。

自分なりに必死で頑張ったせいか、映画が始まるころにはすでに疲れていた。暗くなった館内に、大音響が響く。疲れていても、映画はおもしろかったので寝ることはなかった。それに、隣に黒川さんが座っているけれど、話しかけられることもない。彼の美しい顔が見えないので、おかげで映画に集中することができた。

そして約二時間半後、映画は終わった。思いのほか没頭していたようで、部屋が明るくなっても余韻が残っている。

「いい映画だったね」

「はい」

メガネをずらして、潤んだ目をタオルハンカチでぬぐう。そして、黒川さんに促されて席を立った。外にでると、明るい光が目に刺さる。

まだずるずると鼻をすするわたしの顔を覗き込み、黒川さんが大丈夫？　と言った。

「大丈夫ですけど、鼻水が止まりません」

どうしても情けない声になる。わたしは持っていたポケットティッシュを取りだし、黒川さんに背を向けて勢いよく鼻をかんだ。思ったより大きな音がでて、しまったと後悔したけどもう遅い。

振り返ってえへへと笑うと、黒川さんはなにも聞かなかったような顔で笑ってくれた。

「お茶でもしよう」

「そうですね、泣き過ぎて喉が渇きました」

「水分補給だね」

映画館近くのカフェに入り、窓に近い席に座った。映画館の冷房で少しからだが冷えていたので、温かいお茶を頼む。見上げた曇天の空からは、今にも雨が降りだしそうだ。

「お天気、いまいちですね」

「そうだね。梅雨が明けるのは来週かな」

運ばれてきた温かい紅茶を一口飲み、ホッと息をついた。

「落ち着いた？」

コーヒーを片手に、黒川さんが微笑んだ。

「おかげ様で。ごめんなさい、みっともなくて」

「どうして？　感動して泣くのは普通だよ」

まさにパーフェクトな答えだ。

そのあと、お茶を飲みながら映画の感想なんかを言い合う。一通り語ったら、ネタがつきた。なにか話さないと、と思うけれど、でてこない。

こんなとき、世間のみな様はどんな会話をするのだろう。過去の彼氏とのことを思い返してみれば、実はわたしはあまり会話に困った経験がなかった。といっても、わたしがおしゃべりだったわけではなく、元カレたちが饒舌だったのだ。元カレ一はともかく、女ったらしの元カレ二も、接客業の元カレ三も、盛り上げるのがうまかった。森さんに関しては、自分語りが多くて、わたしが口をはさむ余地はなかった気がする。

でも、黒川さんは誰とも違う。今のようにふとした沈黙が訪れても、彼は無理にしゃべろうとはしない。それどころか、この間を楽しんでいるようにすら感じる。

「こういう時間っていいね」

「今みたいな？」

「うん、まったりできる、っていうのかな。こんな時間って、貴重だから」

「そうですね」

気まずくならない程度の、適度な会話。それが自然にできる相手って、あまりいない気がする。

こんな素敵な人にこんな風に誘ってもらえて、自然にくつろいで過ごす。これがもっと前だったら――わたしがおかしな失恋をくり返す前だったら、純粋にときめいていられたのかもしれない。でも、元カレたちのことが頭を過り、浮かれることができない自分がいる。

だけど、戸惑いから始まったお友だち関係だけど、黒川さんと会うたび、会話を交わすたび、心が揺れる。揺れるのは、わたしの気持ちが少しずつ傾いているからだ。好きという感情に。

どうしよう。優しくされるとうれしくなるし、笑顔を向けられるとドキドキする。自分の感情に、うすうす気づいてはいた。それでも、まだ友だちの関係でいたいと、強く願ってしまうのだ。もし恋人関係になって、また失敗をくり返すなんて考えたくない。この人に対して失望したくないと強く思ってしまう。

夕方近くなり、傾いていく太陽すら見えない曇り空から雨粒が落ちてきた。

「降ってきたね。そろそろ帰ろうか」

「そうですね」

お互いに持っていた傘をさし、駅に向かった。このところルーティンのようになっている改札での挨拶（あいさつ）をして、黒川さんの視線を感じながらホームへ向かった。

いつもそうだ。楽しいけれど、少し疲れる。この疲労感は、自分が無理をしていることと、黒川さん自身を信じきれないところからきていることはわかっている。黒川さんにはまったく関係ないことを、わたしだけが気にしているということも。

それに加えて、別の理由もある。わたしはどこまでも平凡だ。そんなわたしが完璧な黒川さんに合わせるのは、正直言って疲れるのだ。

気楽にと思っても、なかなかうまくいかない。

無意識にでたため息は、電車と雨の音にかき消された。

7

黒川さんの予想通り、翌週には梅雨が明けた。手のひらを返したようなカンカン照りの夏の太陽が、連日顔をだしている。

里沙から久しぶりに電話があったのは、夏突入を感じさせる蒸し暑い夜のことだった。家に帰って玄関のドアを開けた瞬間、スマホが震えた。

『その後どうよ？』

「その後ってどの後よ」

開口一番聞こえてきた声に、ムッとした声で応答する。

『黒川さんに決まってるでしょ』

「……ご飯に二回行って、この前映画も行った。ラーメン食べた。あと、毎日メールが来る」

『へえ。着々ね。ちなみにそれってお友だち？』

「そう友だち」

『ふーん。順調じゃない。二人はどうなってるのって俊に聞いても、知らない、ほっとけ、って言われるんだよね』

「どこを日指して順調って言ってるのよ」

話しながら靴を脱いで、自分の部屋に入った。

「里沙だってほっといてくれてもいいのよ」

『それはつまんないじゃない』

「わたしで遊ばないでよ」

『つきあっちゃえばいいじゃない』

「……もう男はこりごりなの」

『言っとくけど、あんたの遍歴が特殊なだけだからね』

「と、特殊……」

グサッときたぞ、さすがに。

『ふつーは、あそこまで変な男にひっかかる率の方が低いのよ。あ、そう考えると、あんたに必要なのは新しい男じゃなくてお祓いかもね』

「お祓い……」

『まあ、黒川さんはいい男なんだし、気楽に楽しんでればいいじゃない。友だちならなおさら』

「そうよね」

友だちなら、必要以上に傷つけられることはないもん。

「それより聞いてよ。森さんったらさ」

これ以上黒川さんの話題を続けたくなくて、わたしは話を別の方向にもっていった。

森さんの話は、今里沙が一番食いつくネタだ。

そうして、この前の結婚式がらみのことで森さんの悪口を言い、三十分ほど話して電話を終えた。

別れて何か月も経つのに、いまだに悪口のネタにされてしまう森さん。まあ、行いが行いだけに仕方がないわよね。

だいたい、里沙相手に黒川さんの話をするのは、なんだか違う気がするのだ。わたし自身が彼に対してまだちゃんとした距離感をつかめていないから、親友にもなんと言っていいのかわからずにいる。結局、一番中途半端にしているのはわたしなのだ。

黒川さんからまたお出かけのお誘いがあったのは、世間の学生が夏休みに入ったころのことだった。

〝チケットをもらったので、よかったら〟

メッセージに書いてあったのは、とっても有名なテーマパークの名だった。わたしはそこが、はっきり言って大好きだ。

〝はい、行きます！〟

と、すぐに返事を送ってしまった。黒川さんに対する悶々とした悩みもすっかり忘れて。

そのテーマパークには、次の土曜日に行くことになった。今回は、黒川さんが車で迎えに来てくれるらしい。

限りなくデートっぽいけれど、決してそうではないはずだと自分に言いきかせる。デートだと思うと不必要に緊張したり構えたりして、また黒川さんに心配をさせてしまうかもしれないから。

当日の早朝、太陽が昇り始めると同時に一気に気温が上がる。空はみるみる青く輝き、夏らしい陽気になった。

両親が起きだすより前に支度をして、そっと玄関の扉を開ける。あのテーマパークを満喫するには、開園時間の相当前から並ばなければならない。黒川さんもそれはわかっているのか、待ち合わせに指定された時間も納得できるほど早い時間だった。

家をでて、少し歩く。そこに、待ち合わせのしやすい大型のコンビニがあるのだ。朝日を浴びながら向かうと、大型のトラックにまじってピカピカの白い車が停まっているのが見えた。運転席のドアが開いて、黒川さんが降りてくる。

薄い桃色のシャツに、ジーンズを穿いている。ものすごくラフな格好なのに、まるでオートクチュールのように素敵だ。

わたしはといえば、動きやすい半袖シャツと七分丈のジーンズ、おまけにスニーカーだ。日焼け止めもしっかり塗っている。

「おはよう」

目の前まで来た黒川さんが、にこりと笑った。

「おはようございます。今日はわざわざ迎えに来ていただいてすみません」

「いや。こちらこそ、朝早くにごめんね。朝ご飯は食べた？」

「いえ、実はまだなんです」

「僕もなんだ。向こうで食べてもいいけど、よかったらここで買っていかない？　車のなかで食べてもいいし。飲み物も買いたいな」

「いいですね。入園するにも並ばないといけないから、腹ごしらえしましょう」

二人でコンビニに入り、運転しながらでも食べやすそうなおにぎりや菓子パンを選んだ。飲み物とお菓子も買って駐車場に戻る。

助手席側のドアを黒川さんが開けてくれた。

「どうぞ」

「ありがとうございます」

お礼を言って車に乗り込む。シートに深く腰かけ、座り心地のよさに驚く。もしかして、ものすごくいい車なんだろうか。

「史香さん、飲み物だしてもらえるかな？　自分のはそこのホルダーに入れてね」

「はい」

運転席に座った黒川さんからコンビニの袋を受け取り、ペットボトルのお茶を取りだす。それを二人で、それぞれのドリンクホルダーに入れた。

「おにぎり食べます？」

「もうちょっと広い道にでてからにするよ。信号待ちで、ちょっとずつ食べる」

「じゃあわたしが開けるので、言ってくださいね」

「ありがとう」

車が滑らかに走りだした。しばらく進んだところで、おにぎりのフィルムを開け、黒川さんに渡す。信号が赤の間におにぎりをほおばる黒川さんを見ながら、わたしも自分の分を食べる。

「たまにはいいですよね、コンビニおにぎりって」

「そうだね。年々おいしくなるよ」

「もしかして、各社食べ歩いてます？」

「新商品は一通り。職業病みたいなものだよ」

黒川さんが照れたように言った。

「黒川さんは味覚もするどいし知識も豊富だから、開発の仕事も向いてるんじゃないですか？」

わたしが言うと、黒川さんの顔から表情が一瞬消えた。あれ、なにかまずいこと言ったかな？

「……どうかな。食べることが好きなだけだから。それより、久しぶりなんだ、今日行くところ」

黒川さんの表情が戻ったのを見て、ちょっとホッとする。

「わたしもですよ。近いとはいえ、なかなか時間がなくって」

「僕は上京したころ、友だちに連れてきてもらって以来だよ。たまたま会社の人が優待券を持っていてね、期限が近いからって譲(ゆず)ってくれたんだ」

「へえ」

「久しぶり過ぎて、ガイドブックも買ってみた」

開けてみてと言われ、助手席の前のボックスを開けると、テーマパークのガイドブックが入っていた。

「あ！　わたしも買おうと思ってたんですよ。でもタイミングがなくて、買えなかったんです」

「ならよかった。効率よく回るためには予習した方がいいって言われたんだ」

「そうですよね、早速チェックしましょう」

着くまでの小一時間、おにぎりを食べながら、わたしがガイドブックを見て、行きたいアトラクションを羅列していった。ＣＭで宣伝していた夏イベントにも行きたいし、新しいグッズもチェックしたい。たまにしか来ないから、見たいものはたくさんある。

「混んでいるはずだから全部行けるかはわからないけど、頑張ってできるだけ回ろう」

「はい」

パークの駐車場には、すでに車の列ができていた。車を停め、パークの入り口まで行く。開園までまだ一時間近くあるのに、かなりの人が集まっていた。

「すごい列ですね」

「そうだね」

最後尾に並び、近くにいた案内係の人からパンフレットをもらって、ショーの時間などを確認した。

太陽の光がさんさんと降り注ぎ、アスファルトからの照り返しが強くなってくる。すでにじんわりと汗をかきだした鼻の頭を、タオルハンカチで押さえた。

「暑くなってきましたね」

「涼しいアトラクションにも行こうか」

「ですね」

開演までの待ち時間も、おしゃべりをしていたらあっという間だった。いつもならもっと緊張して疲れてしまうところだけれど、今朝は順調。テーマパークの力は偉大だ。

開園時刻になり、ゲートが開く。

少しずつ列が進み、十分ほどしてようやくなかに入ることができた。そこはもう、夢の国だ。可愛いキャラクターに、期間限定のディスプレイ。

「わあ、素敵！」

「先にパスを取ろうか」

「そうでした」

あとでゆっくり見ようねと言いつつ、黒川さんと足早に目当てのアトラクションに急いだ。

パーク内はすでに大勢の人で賑わっている。なんとかお目当ての乗り物の優先パスを確保することができた。これでひと安心と、今度はゆっくり歩いて別の場所に向かった。

パーク内は、夏らしい装飾でいっぱいだ。可愛くて、見ているだけでワクワクしてくる。

「写真撮ってあげようか」

黒川さんが言ってくれたけど、なんだか恥ずかしくて断ってしまった。

開園前に話していた通り、涼しい屋内アトラクションにも行った。朝早いこともあってか、待ち時間はほぼなしだ。同じ調子でいくつか乗り、パスを取っていたので目当てのアトラクションにもスムーズに乗れた。

　朝はおにぎりだけだったから、少し早めの時間にレストランに行けば、そこもまだ混雑する前で、ゆっくりと食事が取れる。

　人は多いというのに、驚くほどストレスなく、テーマパークを楽しめている。

　夏イベントのショーを見て、アトラクションを回りつつ、おやつとしてスタンドでデザートを食べる。午後のパレードも運よく座って見られた。

　散々逃げていた写真撮影だったけれど、園内でお気に入りのキャラクターを見つけたので、思わず撮ってもらった。

　こんなに長い時間笑顔でいられるなんて、本当に久しぶりだ。園内をくまなく歩いているのに、まったく疲れていない。うじうじと考えていたのが嘘みたいだ。

「すみません。お手洗いに行ってきます」

　次のアトラクションに移動する途中にそう言った。

「じゃあ、ここで待ってるよ」

「すみません、お願いします」

　急いで一番近いお手洗いに向かうと、列ができていた。用を足して、鏡の前で髪と化粧を整える。

そして待ち合わせの場所に戻ると、黒川さんが女性三人に囲まれているのが見えた。

「あら……」

やっぱりね。一緒にいるときですら、女性たちの視線を感じていた。芸能人かと見紛う容姿の彼が一人でいたら、こうなることも当然だろう。でも、おもしろくはない。

「だからぁ、一緒に回りましょう？」

「お連れの方、何人ですか？」

女の子たちが口々に言っている。どうやら、男同士で来ていると思っているみたいだ。

「彼女と来てるんだ」

黒川さんはそう言うと、わたしを見た。無表情だった彼の顔に笑みが浮かぶ。思わずうっとりしてしまうような表情だ。

「じゃあ」

女の子たちの間をすり抜け、彼がわたしのそばまできた。その視線はわたしから一度もそらされない。

「お待たせしてすみません」

「いや。行こうか」

黒川さんの手がわたしの肩に触れた。そのままピタリとくっつくようにして移動する。思わぬ親密な行為にドキドキしていると、少し歩いたところで彼がそっと離れた。

「ごめんね。あの子たちがなんかしつこくて」

「いえ……」

ドキドキがまだ治まらない。肩には黒川さんの手の感触が残っている。

そして、あの眼差しと「彼女」という言葉も、頭から離れなかった。

日が暮れて、最後のショーが始まるまでに夕飯を取ることにした。そこも前もって予約をしていたので、スムーズに入れた。

「疲れてない？」

料理を待つ間、窓の外をぼんやり見ていたわたしに黒川さんが言った。

「全然、まだまだ大丈夫です」

よく考えるまでもなく答えていた。実際、言葉通り、あんまり疲れていないのだ。

園内はすごく混んでいるのに、取り立てて長い時間並んだ記憶もない。それは、黒川さんがとても効率的にエスコートしてくれたからだ。

わたしが希望していたアトラクションにはすべて乗った。ショップもまわり、お土産も購入ずみだ。その荷物も、黒川さんがさっさとコインロッカーに預けてくれたから、その後も身軽に楽しめている。

はっきり言って、これまで来たなかで一番満喫できている。

黒川さんとこんなに長い時間を一緒に過ごすことは初めてだ。だから、どこかで彼の完璧ではない部分が見えるのではないかと思っていた。

でも、彼は完璧だった。わたしに気を使いつつ、でもそれを悟らせない。すべてが自然で、そしてスマートだった。

わたしは、このパークのなかで一番幸運な女だとさえ思う。だってこんなに完璧な男性が友だちなのだから。

……友だち。本当に友だち?

友だちになりたいと言われて、わたしは彼の友だちになった。でも、黒川さんのわたしに対する行動は、友人に向けるものとは言い難い。

それは、彼がわたしへの好意を隠さないからだ。さっき逆ナンされていたときも、彼はわたししか目に入っていないかのようだった。

彼の気持ちは、正直に言うとてもうれしい。彼と一緒にいると、楽しいし幸せな気持ちにもなる。

なら、その手を取ればいい――と思ったりもする。だけど、完璧すぎる彼に自分はふさわしくないのでは、という思いも消えない。なにせ、変な男としかつきあってこなかった不運な女なのだから。

だんだんと落ちてきたテンションを隠しながら食事を終え、夜のショーに向かう。

映しだされた光の映像はとても美しくて、胸がわくわくした。それと同時に、終わる寂しさも感じる。

ショーが終わり、帰り始める人たちを見ながら、最後まで楽しもうと、空いているアトラクションをまわった。そして、花火を見ようと、見晴らしのいい場所へ向かう。

「こんなに遊んだの、ものすごく久しぶりだ」

ライトアップされたパークを見渡しながら、黒川さんが言った。

「わたしもですよ。こんなにいろいろ回れたの、初めてです」

笑顔で答えると、黒川さんがわたしの顔をじっと見つめた。その表情から、いつの間にか笑みが消えている。ドキンと心臓が大きく鳴った。

「史香さん」

「はい」

「よかったら、この先は友だちではなく、恋人としてつきあってくれませんか？」

「え……」

ついに来た。うぬぼれかもしれないけれど、いつかそう言われるんじゃないかと思っていたから、動揺はしているけれど、ある面冷静でいられた。

わたしだって、初めて会ったときからときめいていたのは事実だ。何度も食事を重ね、彼の優しさも誠実さもわかっている。

笑顔が可愛いって言ってくれたから、なるべく笑っていようと思ってもいた。彼を好きになる要素は十分過ぎるほどあった。そして、徐々に傾いていく自分の気づいていた。

黒川さんと一緒にいることは楽しい。楽しいんだけど——

言い淀んでいるわたしを見て、黒川さんが困ったような顔になった。

「史香さんは、前から時々そんな顔をするよね。僕が困らせてる？」

「黒川さんが悪いわけじゃないんです。だけど……今までのことを考えたら、なんだかためらってしまって」

そう。彼が悪いわけじゃない。ただ、今まで自分が出会ってきた男たちが悪すぎて、黒川さんは違うと思いたくても、心からそれを確信できないのだ。わたしは自分の男性を見る目が、まったく信用できずにいる。

「なにがあったか、話してくれる？」

「話したら、きっと引いちゃう」

「大丈夫だと思うよ」

黒川さんが優しく言う。

本当に大丈夫かしら？　自分だったら引いちゃうけど——。でも、これで嫌われたら、この関係もきっぱり終われていいのかもしれない。

黒川さんに促され、わたしは過去の恋愛遍歴を語った。事実だけを淡々と話す。——

何度思い起こしても、情けない話ばかりだ。そしてそれは半分元カレの悪口のようなものだ。黒川さんがどんな顔をしているのか見るのも怖かったから、わたしはずっと俯いたまま話していた。

「――だからね、嘘をつかれてるんじゃないか、騙されてるんじゃないか、って思ってしまうんです。今までずっと裏切られてきたから、黒川さんには失礼だけど、もしかしたら？　って気持ちが消えなくて。それに、黒川さんは完璧すぎて、もっと他にいい人がいるんじゃないかな、とも。何度も裏切られるってことは、わたしにも問題があるんだと思うし」

手すりをぎゅっと握り、目の前の景色を眺めた。ライトアップされた園内はキラキラ輝く宝石箱のようだ。

「そんなことないよ」

黒川さんの声と一緒に、わたしの手に黒川さんの手が重なった。大きくて温かい、男の人の手。顔を上げると、黒川さんの真剣な表情が目に入った。

「史香さんは悪くないよ。相手の罪を無理やり軽くする必要はない。それから、僕は裏切らない。それだけは信じて。なにがあっても、僕は絶対に史香さんを傷つけるようなことはしない」

口調も真剣で、その目はまっすぐにわたしを見ていた。

「大切にするよ。だから」

黒川さんの目のなかに、イルミネーションが輝いている。重なった手を、手すりごと握られた。

これまで完璧だった黒川さん。優しくて一途で、人当たりもよくて。そんな彼が、真剣にわたしにそう告げている。彼がそう言うのなら、本当なのかもしれない。

今まで心のなかにあった疑心暗鬼（ぎしんあんき）の欠片（かけら）が、少しずつ消えていく。まるで魔法みたいに、わたしは自然と頷いていた。

「よかった」

ホッと息を吐いて、黒川さんが笑顔を見せた。それと同時に、花火が上がる。どーんと大きな音が響き渡った。

二人で顔を上げると、暗い夜空に花火が大輪の花を咲かせていた。

「きれい」

つぶやいた言葉は、大きな音にかき消される。最後の花火が消えるまで、黙ってじっと空を見つめていた。終了を告げるアナウンスとともに、周囲のざわめきが戻ってくる。

ふと黒川さんを見ると、目が合った。その顔は、なんだかうれしそうだ。

「きれいでしたね」

「花火をじっと見てる史香さんの方がきれいだ」

甘すぎる言葉に、頬が赤く染まる。

「またまた」

ごまかすように笑うと、黒川さんの手が頬に触れた。

「いや、本当に。キラキラ輝いてた」

低く澄んだ声と頬を撫（な）でる指に、心臓の鼓動が速まる。

黒川さんとわたしとの距離が、ぐっと縮まった気がした。

「行こうか」

「はい」

手すりから離れた手が、握りなおされる。閉園間際（まぎわ）のパークを、二人でゆっくり出口に向かう。門の前で振り返ると、きらめく明かりが幻想的に見えた。

楽しい一日はあっという間に終わってしまった。あんなにわくわくした風景が、今は物悲しい。

「また来よう」

「はい」

友だちとして入ったパークを、恋人としてでようとしている。その変化に気づいて、わたしは一人、頬（ほお）を赤くした。

車に乗り込むと、真っ暗ななか、都心の夜景が息を呑むくらい美しく見えた。

「楽しかったね」

「とっても」

「次は、あのワゴンで売っていたチキンを食べたいな」

「ああ、すごい列でしたよね。黒川さんはやっぱり食べ物が気になりましたか？」

「違うよ。おいしいものをおいしそうに食べる史香さんが見たいだけだよ」

黒川さんがちらっとこっちを見て笑った。クールに見える黒川さんの口からでる甘い言葉は、わたしの頬を何度も赤くさせる。

「もう、またそういうことを言う……」

「本当のことを言っただけだよ。次に来たときは、今日よりももっと楽しもう」

緊張感が消えた分、帰りの車のなかの会話は弾んだ。次はもっとああしようこうしようと、未来を語ることがうれしい。

でも、楽しい時間とはあっという間に過ぎるもの。車はいつの間にか、わたしの自宅に着いていた。もう遅いからと、黒川さんがコンビニではなく、家の前まで送ってくれたのだ。

「今日はありがとう」

車を停め、黒川さんが言った。

「いえ、こちらこそ」

「ありがとう」

「黒川さんも。これからまだ運転があるから、気をつけてくださいね」

「ゆっくり休んで」


ふわっと笑った笑顔に、驚くほど鼓動が速くなった。

先に動いたのがどちらなのかは、わからない。気づいたら、自然と唇が合わさっていた。そしてそっと離れる。

黒川さんが、それはそれはきれいに微笑んだ。

「おやすみ」

「おやすみなさい」

ぼーっとしたまま車を降り、走りだすまで見送った。

ふわふわした足取りで家に入り、帰宅していた両親に軽く声をかける。そして二階の自分の部屋に駆け込み、そのままベッドに倒れ込んだ。

まだ心臓がドキドキしている。唇に感じた温かさもまだ消えていない。

——池澤史香、人生五回目の恋にして、やっと幸せになれそうです。

❊

バックミラーに映っていた彼女の姿が消えてから、アクセルを踏み込んだ。この車には、まだあまり乗り慣れていない。なにせ新車同然だ。今日に備えて、練習で数回乗ったのみだったりする。

デートには車が必須だと言われたので、後輩の山本を連れまわして急いで購入したものがこれだ。今日、ようやく役に立った。

なるほど、こんなに近くにいられるなら、もっと早く車を入手すべきだった。

唇には、史香さんの柔らかな感触がまだ残っている。女性とのキスをこんな風に思い返すのは初めてだ。

自然と笑みが浮かぶ。彼女とのことを思いだすと、いつもそうだ。

なぜこんなにも惹(ひ)かれるのか――

明確な理由は、うまく説明できない。前に彼女に聞かれたときにも、返事に困ってしまった。けれど、自分のなかでは決して揺るぎない気持ちだ。今まで出会ったどの女性とも違う。ただただ、彼女が彼女だから、惹(ひ)かれるのだ。

慎重に車を運転して、マンションの駐車場に停める。自然と強張(こわば)っていた肩を回し、車から降りた。

　自宅の部屋のドアをあけると、ひんやりとした空気が流れてきた。仕事柄、自宅のパソコンをいつも立ち上げているので、エアコンは夏の間中つけっぱなしだからだ。

　無機質な部屋はがらんとしていて、今日過ごしてきた場所とは対照的だった。冷蔵庫から水のペットボトルをだし、一口飲む。そのままソファに座り、ズボンのポケットに入れていたスマートフォンを取りだした。

　いつの間にか届いていたメッセージは史香さんからで、今日のお礼が書かれていた。それに素早く返事を打ち、送信する。

　ようやく今日、彼女の手を取ることができた。まだスタート地点に立ったばかりだということは自覚しているけれど、感慨深いことには変わりない。

　時刻は午前零時近いけれど、ここ最近ですっかりなじみになった相手に電話をかける。

『確かに、明日は日曜ですけどね。普通寝てるとか思いません？』

　渋々だと言わんばかりの山本の声が聞こえた。

「ああ、すまない。寝ていたか？」

『起きてましたけどね』

　自分の至らない点は、彼によって補完されている。今日の遊び方のレクチャーをしてくれたのも彼だ。後輩ではあるが、師匠と言っていいかもしれない。

『今日はデートに行ったんでしょ？　なんかやらかしました？』

なにやら期待しているような声は無視する。

「史香さんとつきあうことになった」

『げげっ、まじですかい？』

げげっとはどういう意味だ？

「まじだ。次も車で出かけたいから、いい場所を教えてくれ」

食べ歩きは唯一の趣味だから、食事の場所のセレクトには困らない。けれど、それ以外はまったく知識がなかった。

『教えるのはいいですけどねぇ。前にも言ったと思いますけど、あいつはそこそこ男で苦労してるんですよ。友人としては、これ以上は傷ついてほしくないわけです。黒川先輩、その辺は本当に大丈夫なんですよね？』

これまでも何度か同じセリフを山本から言われてきた。その一環として、彼女の苦労話も聞いている。だから実を言うと、今日彼女が僕に語ってくれた昔話は、すでに山本から聞いていたのだ。

だけど改めて本人の口から聞くと、なかなか壮絶だった。あんな経験をしていれば、男性とつきあうことに躊躇するのも納得がいく。だからこそ、自分は違うと信じてもらうことが大切だったのだ。そんな男たちと同じ行動をとらないように、どれだけ気をつけてきたことか。

『史香になんかあったら、俺が里沙に殺されるんだから』

なぜにお前が俺の愛しの彼女を呼び捨てにする。ムカッときたけれど、恩があるので我慢した。

「何度も言っていると思うけど、彼女のことは真剣なんだ。だから、力を貸してくれよ。次のデート、どこがいいと思うか？」

『……まあ、それについては調べてまた連絡しますよ。で、例の件はどうしました？』

ため息まじりに山本が言った。

例の件……。彼女に本当のことを言えずにいる、自分の仕事のことだ。これについては気が重いとしか言いようがない。けれど、解決策は必ずあるはずだ。

『……まだ言ってないんだ。それが一番問題だと思いますけど？』

沈黙から察したらしい山本に、なかばあきれたように、でも真剣な口調で言われた。

「それは、自分が一番よくわかってる」

『まあ、先輩の気持ちもわからなくもないですけどね』

また連絡しますと山本が言って、電話が切れた。

スマートフォンをテーブルの上に置き、ソファの背に深くもたれる。

目を閉じると、彼女の笑顔が浮かぶ。泣き顔も困り顔も見てきたけれど、やはり最初に浮かぶのは笑顔だ。

彼女の笑顔を見続けるために、俺は完璧な恋人を演じ続けよう——

8

新しい恋が始まると、ついそわそわしてしまうのはいつものことだ。落ち着かなきゃと思っても、彼からメッセージが来るたびにニヤニヤしてしまう。

仕事中にも変な笑い声をもらして、みんなに不審な顔をされたほどだ。

彼とのつきあいにあんなにモヤモヤしていたのに、わたしも現金なものだ。

連絡の頻度(ひんど)は、友だちのときと変わらない。内容もほぼ同じだ。仕事については触れず、その日あった他愛ない出来事の報告をかわす。それでも、立場や気持ちが変わると、自分のテンションが驚くほど変化するのだ。

〝今夜、夕食をご一緒しませんか？〟

〝はい、しましょう〟

お昼休みに来たメッセージに早速返事する。そして、込み上げてくる喜びを同僚たちに気づかれないよう、必死で隠した。

気持ちの変化以外に変わったことは、黒川さんと夕食を取る機会が増えたことだ。違う会社だからなかなか時間は合わないけれど、おつきあいが始まる前に比べたら、格段に増えたといえる。

そして、それを楽しみにしているわたしがいる。とはいえ、恋人関係になっても、黒川さんは完璧なままだから、まだまだわたしのなかの緊張感は抜けない。それでも、会えることが素直にうれしかった。ちなみにあのとき以来、キスはしていない。

「黒川さん！　待ちました？」

仕事を終え、待ち合わせの改札まで急ぐ。いつも先に来ている黒川さんに駆け寄ると、笑顔で迎えてくれた。

「待ってないよ。それより……」

じっと見つめられ一瞬ぼうっとなったけど、ハッと思いだした。

「あ！　は、はるくん、待った？」

「待ってないよ、ふみちゃん」

にっこりと笑った黒川……もとい、はるくんの顔はうれしそうだ。わたしもそんな風に呼ばれるのは小学生以来で、くすぐったくもあり、うれしくもあり――

あだ名で呼び合うことと敬語をやめることを提案されたのは、この前のデートのときだ。三十を過ぎた男性をあだ名で呼ぶのは抵抗があったけれど、これでお互いの距離が縮まったのは明らかだった。

「今日はなに食べたい？」

「この前はお肉だったから、今日はお魚がいいな」

「じゃあ行こう」

はいと差しだされた手を握る。これも最初は緊張したけれど、徐々に慣れてきた。温かい手に包まれると、一日の疲れも吹き飛ぶ。

今回はるくんが案内してくれたのは、和風の定食屋さんだった。おいしい魚料理がテーブルにずらっと並ぶ。お刺身、煮つけ、焼き物。

「わー、おいしそう！　最近ずっと自分の食事が適当だったから、ちゃんとしたご飯が食べたかったの」

「仕事、忙しいの？」

「まあ、いっつもそこそこは忙しいんだ。……ごめんね、詳しいことが言えなくて。あ、わたしもはるくんのお仕事の話は聞かないからね」

「うん」

規模が違うとはいえ、ライバル会社であることに変わりない。普段の研究内容はもとより、特に開発に関することの漏えい（ろう）は、家族にもご法度（はっと）なのだ。

そういうわけで仕事の話はできないから、それ以外のことで会話を続ける。

おかげで、お互いの個人情報についてはかなり詳しくなった。地方からでてきたはるくんには、ご両親と妹さんがいる。妹さんは何年か前に結婚していて、可愛い甥っ子がいるそうだ。わたしも弟がいる話をして、お互い長男長女は大変だよねって笑った。

おいしい料理を食べながら、会話も弾む。相変わらず完璧な恋人であるはるくんに少し緊張はするけれど、楽しい時間だ。

「今まで一人で食べることが多かったけど、二人で食べる方がおいしく感じる」

はるくんがぽつりと言った。

「それは言えてるかも。大勢の方が楽しいもんね」

「いや、そうじゃない。ふみちゃんとだからだよ」

「え？」

「ふみちゃんだからだよ」

もう一度重ねるように言って、はるくんが微笑んだ。いつもみたいに、わたしをドキドキさせる笑みだ。

「もう、はるくんったら」

照れくさくて、笑いながら手をぶんぶんと振ったら、はるくんも笑った。

いつもいい意味で胸がドキドキしている。相手の笑顔が見たくて、相手に嫌われたくなくて。今度こそは、この幸せが長く続きますように。はるくんと会うたびに、心のなかでずっと願っていた。

私生活の充実は、仕事にも表れるものらしい。いつの間にか、いつもの満員電車に揺られることが、あまり苦にならなくなっていた。出社して白衣に着替えると、さらに気が引き締まる。

お互い様と思っているから、わたしははるくんの仕事について、なにも聞かない。けれど、彼の方も忙しそうだ。二人で食事をしていても、時々仕事の連絡が入る。工場勤務のようだけど、なんとなく研究者に近いことをしているのかな、と思う瞬間もある。一緒に食事をしていて、料理の味についてのコメントが研究者っぽいのだ。具体的にどんな仕事をしているかわからないけれど、完璧なはるくんはお仕事もきっと完璧なのだろう。だからこそ、わたしも負けないように頑張ろうと思うのだ。

クリーニングから戻ってきたばかりの白衣は、パリッとして気持ちがいい。鼻歌を歌いながら研究室に向かう廊下を歩いていると、扉が開いて森さんがでて来た。

「おはよう」

「おはようございます」

まだ朝だというのに、驚くほど疲れた顔をしていた。目の下のクマがくっきりと見える。

「ずいぶん楽しそうだね。いいねえ、気楽なヤツは」

明らかに機嫌の悪い声でそう言うと、ふいと顔をそらしてどこかに行った。

なんだいなんだいと、内心むかつきながら研究室に入る。そこにはすでに出社している同僚が三人いて、みんな怪訝な顔をしてた。

「おはようございます。どうしたんですか？」

「おはよう。いや、なんか森の機嫌が悪くてさ。資料探してたらいきなり怒鳴られてびっくりした」

「へえ」

内面はともかく、外面のいい森さんが、わたし以外にそんな態度をとるのは珍しい。

「噂によると、うまくいってないらしいよ」

別の同僚が近寄ってきた。

「なにが？」

「結婚生活」

みんなが固まって、小さな声で言う。

「え、もう？　だってこの前結婚式挙げたばかりじゃ……」

「そうなんだけど、奥さん、体調がよくならなくてずっと実家にいるんだって。新居に引っ越したのはいいけど、森、そこに一人でいるらしい」

「結婚式に呼ばれなかったって、文句言ってた人もいたよな」

「まあ、あれだけ吹聴しといて、あれはずっこけるよね」

口々にでてくる言葉の数々に、怖いなあと思いつつ、適当に相づちを打つ。

森さんの悪行が表沙汰になればいいと、密かに思ってはいた。以前であれば、森さんの悪口を聞いたらざまあみろと思ったかもしれない。けれど、今はほぼ関心がない。

森さん、ごめんねー。自分が幸せだと、他人のことって本当にどうでもよくなるのよ。

真剣な顔で頷きながら、わたしは心のなかでヘラヘラ笑っていた。

そうして続いたゲスな話は、所長がやってきたことでようやく終了となる。

「あ、池澤さん、ちょっといい？」

仕事を始めようとしたとき、所長に声をかけられた。

「はい」

「もうすぐ開発の仕事が来るんだけど、また池澤さんにやってもらおうかと思って。評判よかったし」

「え？　森さんがやるんじゃないんですか？」

本人がこの前そう言っていたはずだ。

「え？　森くん？　なんで？」

あれ？　違うの？　なんで？

きょとんとした顔の所長に、なんでもないと手を振ってごまかす。

「とりあえず向こうには話しておくからよろしくね」

「あ、はい」

おかしいなあと思いながら、自分の机に向かう。椅子に座り、パソコンを立ち上げようとしたとき、微かな違和感を感じた。

「あれ？　確かここに付箋を貼ったはずなのに」

次の日にやることを、付箋に書いてマウスに貼っていたはずなのに見当たらない。多少乱雑な机の上を探すと、モニターとその横に置いていたペン立ての隙間に落ちていた。

「なんでこんなところに？　空調の風で飛んだのかな？」

今までそんなことがなかったので、思わず首を傾げる。

なんとなくひっかかりを覚えながらも、仕事は順調に進んだ。そして週末の報告会で、再び開発の仕事を受けることが正式に決まった。

森さんにはびっくりするほど怖い目で見られたけれど、どうしようもない。わたしが決めたわけじゃないんだから。

最近は徐々に他の同僚とも距離ができてきているらしい森さんは、無言で部屋をでていった。

「なんか凹むわー」

わたしが悪いわけじゃないけど、あんな風に憎まれるとなんだか気落ちする。元々森さんに来ていた話をわたしが横取りしたとでも思われているんだろうか。

だいたい、どうして森さんはあんなにわたしに対して当たりがきついのだろう。普通、自分で捨てた元カノには、罪悪感をもつものなんじゃないの？　わたしが恨むならまだしも、向こうから恨まれる謂れはないはずだ。

「ちっちゃい男！」

こっそりつぶやく。その日は、一日ムカムカしながら仕事をした。

イライラを引きずったまま家に帰り、すぐにお風呂に入る。

濡れた髪を拭きつつ自分の部屋に戻ると、スマホの着信ランプが点滅していた。

「あ、はるくんだ！」

凹んでいた気持ちが少し上がる。

〝急だけど、明日よかったらドライブデートしない？〟

ドライブデート！　この間、車のなかでキスをしたことを思いだして、頬が赤くなる。

〝行きます！　ぜひぜひ！〟

すぐに返事をして、待ち合わせの時間を決めた。

「さすがはるくん。ちょっと凹んでるときにナイスなタイミングだわ」

デートだと思ったら、森さんのことは頭から消えていた。

「なにを着ていこうかなぁ」

　タオルを放り投げてクローゼットを漁り、わくわくしながら服を選んだ。

　翌日はいつもよりも早く起きて、いつもよりも長い時間鏡を覗き込んでいた。何度見ても自分の顔は変わらない。そんなことはわかっているけれど、化粧の仕方一つで雰囲気が変わるのが女というものだ。

　はるくんは食べ歩きが趣味なだけあって、デートでもおいしい食べ物屋さんに行くことが多い。そのときに料理のじゃまにならないように、化粧でも匂いのきついものは控えている。行くお店は、少しおしゃれなお店からカウンターのラーメン屋さんまで幅広い。汗だくでラーメンを食べるときもあるから、化粧はあまり濃くしない。いわゆるナチュラルメイクというやつだ。

　化粧を終え、夕べ決めた服を着る。普段はパンツが多いけど、今日は夏らしくブルーのスカートにした。サンダルを履こうと思い立って、夜中にペディキュアも塗っておいた。

　ショルダーバッグに最低限の荷物を入れ、家をでる。待ち合わせ場所は、この前のコンビニだ。

　早朝とはいえ、照りつける日差しがすでに暑い。コンビニの駐車場に、白い車が停まっているのが見えた。車のなかに人の姿はない。コンビニ店内に目をやると、はるくんがいた。自動ドアをくぐってお店に入る。ひんやりとした空気が気持ちよかった。

「おはよう、ふみちゃん」

「はるくん、おはよう」

にっこりと笑ったはるくんは、今朝も大変イケメンである。

車のなかで飲むペットボトル飲料と、少しだけお菓子を買って車に乗り込んだ。

「今日は海の方まで行こうかと思って」

「え！　すごい、うれしい！」

車は高速に乗り、海を目指した。

「三浦半島に、海に面した水族館があるんだって。知ってる？」

「そっち方面は行ったことないの」

「そうなんだ。僕も初めてなんだけど、楽しいらしいよ。おいしいものも食べようよ」

「わー、それは楽しみ」

車は順調に走り、お昼前には岬の先端にある水族館に着いた。夏休みだからか、家族連れやカップルでかなり混んでいる。それでも、ひんやりとした屋内は心地よかった。水のなかを気持ちよさそうに泳ぐ魚たちを、はるくんと手をつないで眺める。イルカたちのショーもしっかり堪能してから、水族館をでて少し遅めの昼食にした。

海辺だからか、今日のランチは魚料理がメインのお店だ。

「わー、お刺身がぶ厚い！」

箸で摘むと、さらに肉厚さを感じる。

はるくんは、同じように摘んだそれを、なにもつけずに口に入れた。

「お醤油は？」

「ああ、いつも最初はなにもつけないんだ。素材の味を把握して、それから魚の味に応じて醤油だったり塩だったり、変えて食べてみるんだ。これも職業病かな」

「へー。ちなみに今日は？」

「これは魚の味が濃いから、塩の方が合うかな」

「なるほど。日々いろいろ研究してるんだね。……やっぱりはるくんって、本当は開発とかやってるんじゃない？」

「えっ!?　いや、まさか」

はるくんが慌てたように手を振った。それだけ熱心に考えているなら、開発や研究をしていそうだと思うんだけどな。

「食べ物を一番おいしく食べようって考え方、すごく素敵だね」

彼の対応に少しひっかかりを覚えつつもにっこり笑ってそう言ったら、はるくんもほっとしたように笑った。

食事を終え、そのまま近くの砂浜まで歩き、気持ちよさそうに泳ぐ海水浴客を見つめた。

「魚もそうだけど、人間も楽しそうだね」

手をつないだまま、お互い裸足(はだし)になって熱い砂の上を歩く。

「水着持って来ればよかったかな。今からでも買いに行く？」

「えっ、それはいいよ。なんかもう、水着は着られないよ」

「どうして？」

「泳げないし、恥ずかしいもん」

水着なんて、学生のころ以来着ていない。プールすらも行ってない。海を見るのは好きだけど、水は苦手なのだ。

「じゃあ、足だけでも浸(つ)かろうか」

そう言ったはるくんに引っ張られて、波打ち際を歩いた。海の水は冷たいというよりも生温かい。

「冷たくないね」

「だね」

海からの心地よい風に吹かれながら、波打ち際を一往復して車へ戻った。

準備万端なはるくんは、車のトランクにタオルを積んでいた。洗った足をそれで拭かせてもらう。

「どこかでお茶でも飲もうか」

「うん」

海沿いを車で走りながら、水平線を眺めた。沖合には船が行き交っている。

「海っていいね」

「泳げないけど？」

「うん。……言っとくけど、まったく泳げないわけじゃないよ」

「そうなの？」

「そうなの。プールならちょっとは泳げるもん」

「ちょっと？」

「……十メートルくらい」

「僕が教えてあげようか？」

「えっ、いいよ別に」

「残念、ふみちゃんの水着姿が見たかったのに」

楽しそうな声のはるくんに目を向けると、彼がこっちをちらっと見て、いたずらっぽい笑みを作った。男の人って感じのその笑い方に、わたしの心臓がドキンと鳴った。この人でもこんな顔をするんだ――そんなことを思う。

「太ってるから嫌」

「そうは見えないけど？」

「着やせするタイプなの」

太ってるとは言われたことはないけれど、最近お腹が気になっているのは本当だ。

「もしも水着になるなら、一か月前から準備しないと」

「今からだともう秋になっちゃうよ？」

「じゃあ、残念。よかった」

ホッと胸を撫でおろすと、はるくんがぷっと噴きだした。

「じゃあ今度はもっと前に言うよ。来年は海に行こうね」

一年先の未来の話を、はるくんがごく自然に口にした。それがうれしい。わたしはこれまで、男性とのつきあいが一年以上続いたことがない。だから、未来を語られることは純粋にうれしい。でも、一年後も一緒にいられるのか、期待と不安が入りまじるのも事実だ。

ネガティブなことを考えてはいけない。はるくんに失礼だ。

「――一年あれば、なんとかするわ」

決意を込めて頷くと、はるくんがまた笑った。

そのあと、海沿いのカフェでお茶をして、観光地をぶらぶらと散歩する。日が傾きかけたころにまた車に乗り、はるくんおススメの夜景のきれいなレストランで夕食を食べた。

うちの近くに着いたときにはすっかり夜が更けていて、彼は危ないからと、家のすぐ近くに車を停めてくれた。住宅街に人影はない。エンジンを切った途端、静寂（せいじゃく）が訪れた。

「今日はすごく楽しかった。たくさんごちそうさまでした」

「いや、こちらこそ、長い時間ふみちゃんといられて楽しかったよ」

「わたしも」

「本当は、もっと長く、一緒にいたいんだけどね」

はるくんがわたしをじっと見つめた。街灯に照らされた瞳が、キラキラと輝いて見える。

「はるくん」

「いつもふみちゃんのことを考えてるんだ。どうしたら楽しんでもらえるかなって。ふみちゃんには、いつも笑っててほしいんだ」

「はるくん」

はるくんの口から自分の名前がでるたびに、体温が少しずつ上がっていくようだ。うれしくって、照れくさくて、恥ずかしくて。

「ふみちゃん」

はるくんの顔がすっと近づいてきた。磁石に引き寄せられるようにわたしのからだも動く。ぴたりと合わさった唇。そっと触れ合って、そっと離れた。だけどホッと息をつく間もなく、はるくんに頭を抱きかかえられ、今度はさらに深く口づけられた。

歯の隙間から差し込まれた舌を、自分のそれで迎え入れる。からまった舌が熱い。うまく息ができないけれど、唇を離したくなかった。

手を伸ばしてはるくんの胸元をぎゅっと握る。メガネが顔に当たって、ずれていく。それがもどかしくて、自分で自分のメガネを外した。握っていたメガネは、すぐにはるくんに奪われた。そして、わたしのからだにはるくんの腕がまわされる。ふわりと浮いたかと思うと、次の瞬間には、わたしははるくんの膝の上に座っていた。

背中にハンドルが当たる。でも、キスはずっと続き、お互いの荒い息と舌をからませる音が車のなかに響く。

「んん……」

はるくんの首に腕を回してしがみつく。はるくんも、わたしのからだを両腕でぎゅっと抱きしめていた。

狭い車のなかで、抱き合ったままキスを続ける。ここがどこかなんて、そんなことすら考えられなくなっていた。角度と深さを変えて何度も口づける。

心臓がありえないほどのスピードで鼓動していた。はるくんをぎゅっと抱きしめるたび、徐々にからだの中心が熱くなっていく。

わたしのそこは、硬く熱くなっている彼自身を布越しに感じていた。この人はわたしを求めている。その事実をはっきりと突きつけられている気分だ。求められることが、恥ずかしいと同時にうれしい。自分もそれを望んでいることがわかっているから――

熱を求めるからだは自然と動き、気づけばはるくんのそこに強く自分自身を押しつけていた。はるくんの腕に一層力がこもる。キスをしながら、お互いのからだに手を這わせる。はるくんの広い背中を撫で、髪に触れた。わたしの背中を撫でるように動いていたはるくんの手が、シャツの裾から入ってきて、素肌に触れる。

「んんっ」

熱い手のひらを感じて、思わず身をよじった。それでも離れない唇から、熱が伝わり続ける。はるくんの手はわたしの背中をさまよい、そして前に回って片方の膨らみを優しく包んだ。

「あっ！」

衝撃に唇が離れる。思わずのけぞった首筋に、はるくんが吸いつくように口づけた。自分のなかの熱がどんどん高くなっていく。恥ずかしいのに、それでももっと触れてほしくて、自分のからだを再びはるくんにぎゅっと押しつけた。

「はる、くん」

はるくんの唇が首筋から鎖骨に移り、さらに胸の谷間に進む。心臓の動きがどんどん速くなる。荒い息遣いは、わたしだけじゃない。はるくんからも聞こえる声に、体温が上がっていく。

「ああ」

太ももにぎゅっと力が入る。さらに背中をのけぞらせたそのとき――

ブーッッ！

「きゃっ」

ハンドルに当たった背中が、クラクションを押した。その音に驚いたのは、はるくんも同じだ。

クラクションは一瞬で鳴り止み、まわりには相変わらず誰もいない。

「ご、ごめんなさい」

はるくんの膝にまたがったまま謝れば、はるくんも恥ずかしそうに笑った。けれどその顔には、色気があふれている。

「こっちこそごめん、こんなところで」

はるくんはそう言うと、わたしの服を直して、そのまま助手席にもどしてくれた。恥ずかしくて俯(うつむ)いたまま、シャツを直す。

「ふみちゃん」

「なあに」

呼びかける声に返事をしてそっと顔を上げると、はるくんがメガネをかけてくれた。

「ありがとう」

はるくんの顔はまだ熱を帯(お)びているのか、瞳が潤(うる)んでいるように見えた。何度もくり返したキスで、唇も赤く腫(は)れている。でも、わたしもきっと同じだ。わたしたちはお互いに欲情していたのだから。

「ふみちゃん」

「なあに」

「ふみちゃんは、別に太ってないよ」

「……」

素肌に触れたはるくんの手の感触が蘇(よみがえ)る。

「もうっ！」

思わずはるくんの胸を叩くと、はるくんが声を上げて笑った。はるくんの胸に置いた手を握られ、そのままぐいと引き寄せられる。

鼻の先が触れ合うくらいの距離に顔が近づいた。

「ふみちゃん、好きだよ」

「……わたしも」

幸せが胸に込み上げてくる。微笑(ほほえ)みを抑えられないまま、はるくんとまたキスをした。

今度は触れるだけのキスだ。

さよならを言って車を降り、家に入る。

ちなみに、トンデモナク恥ずかしいことをしてしまったと羞恥に悶えたのは、翌日の朝のことだった。

❀

「……黒川さんが鼻歌を歌っている」

ぎょっとした声が間近で聞こえた。ふと顔を上げると、いつの間に来たのか、机の横にアシスタントの西村が立っていた。

まだポカンとした顔でこちらを見る彼を、座ったまま見つめる。

「なにか言ったか？」

「いや、黒川さんのそんな行動初めて見たもんで」

「そんな行動？」

「鼻歌、歌ってましたよ？　なにかいいことがありましたか？」

机の上に書類をどんと乗せながら、西村が言った。

「……いいこと？」

いいことならもちろんあった。あのときのふみちゃんの唇の感触も肌の温度も、すべて覚えている。思いだすだけで、からだが燃えるように熱くなる。

「ひっ。黒川さんが思いだし笑いをしている……」

西村はひきつった顔をしたまま、後ずさりながら去って行った。

「なぜあんな顔をする？」

疑問に思いつつ、机の上に置かれた書類を手に取ってめくる。けれど、頭には入ってこない。思いだすのはふみちゃんの顔だけだ。

晴れてつきあいが始まり、堅苦しい言葉遣いをなくしてあだ名で呼び合うことで、距離感を縮めることに成功した。以前よりも頻繁に出かけ、山本に立案してもらったドライブデートもうまくいった。そして……あのまま我に返らなかったら、彼女のすべてを自分のものにしてしまったかもしれない。

膝に乗せたふみちゃんの重さや太ももの柔らかさ、恥ずかしそうな笑みを思いださずにはいられない。

「ふみちゃん……」

ぼそっとつぶやき、スマートフォンの待ち受け画面にしている彼女の写真を見つめた。以前、一緒に行ったテーマパークで撮ったものだ。

キャラクターと一緒ならと、唯一撮らせてくれた写真。着ぐるみと一緒にうれしそうに微笑(ほほえ)む彼女は、かなり愛らしい。

今なら、もっとたくさん写真を撮らせてくれるだろうか。これまで、それなりの数の女性とつきあってきた。でも、その誰一人として写真をほしいと思ったことはない。だけど、ふみちゃんは違う。彼女の写真だったらいくらでもほしい。

ふみちゃんは特別美人というわけではない。けれど、自分の目を引きつけずにはいられない、不思議な魅力がある。この感覚と彼女に対する想いに、理由はない。あえて言うなら、直感だろう。自分には彼女しかいない、という直感。こういう直感が今まで外れたことはない。

「――さて、仕事でもするか」

ふみちゃんのために、仕事も頑張らねばならない。ただ、これについては懸念(けねん)材料が多々残っているので、最終的にどうすればいいのか、いまだに答えがだせずにいた。

彼女は、自分の仕事を工場勤務と思っているようだ。出会ったときに製造であるようなことを言ったから、そう思い込むのも当然だろう。そんな彼女が、本当のことを知ったらどう思うか――

書類を最初から見直し、必要な箇所には記名をして判子を押す。溜(た)まっていた書類がなくなりかけたころ、今度は課長が部屋に入ってきた。

「黒川くん、次のコンペの進行なんだが」

「僕は忙しいので無理です」

「最後まで話を聞いてくれよ」

「聞かなくてもわかりますよ。無理ですって。人前にでるのも性に合わないって言ってるでしょう?」

「忙しいとか言って、結構早く帰ったりするじゃないか」

「その分、時間内でしっかりやってますから」

ふみちゃんとの貴重な時間のためなら、日中フル稼働で仕事をしても苦にならない。

「ううっ。仕方ない、他を当たるよ」

結局あっさり引き下がった課長は、ぶつぶつ言いながらも部屋をでていった。

次の打ち合わせに向かうため、ファイルを持って席を立つ。会議室に向かう途中で、自動販売機に立ち寄った。

自販機のあるホールに向かうと、先客がいた。

「なんだ、黒川か」

缶コーヒーを片手に立っていたのは、同期の藤尾だった。片手を上げて挨拶をし、ペットボトルの水を買う。

「今から打ち合わせか?」

持っていたファイルをちらっと見て、藤尾が不機嫌そうな顔で言った。最近彼はいつもそんな顔をしているので、これが普通なのだろうと思っている。

「ああ」

頷きながらペットボトルのふたを開け、冷たい水を一口飲んだ。

「相変わらず引っ張りだこだな。せいぜい頑張れよ」

藤尾はそう言うと、ふんと鼻を鳴らして去って行った。

やけにイライラしている。

藤尾は同期で、同じ部署だ。長いつきあいではあるけれど、特別仲がいいわけではない。入社当時は一緒に飲みに行ったりしていたけれど、徐々に距離ができ、今では挨拶(あいさつ)を交わす程度だ。

職場に友人関係を求めるつもりはないとはいえ、少し寂しくはある。ただ、別に影響もないので、修復しようとは思わなかった。

「さていくか」

腕時計で時間を確認する。この時間なら、定時までに終わるだろう。そしたらふみちゃんにメッセージを送ろう。

頭のなかに愛(いと)しの彼女の笑顔が浮かび、不機嫌な藤尾の顔に上書きされる。自然とでてくる笑みを抑え、水を飲んだ。

冷たい水をいくら飲んだところで、この熱は一向に冷めないのだが――

9

　はるくんと一歩進んだ関係になり、わたしの頭のなかはまさにお花畑状態だ。ふとはるくんの体温や唇、手のひらの感触を思いだして、一人赤くなっている。もはや完璧な変態だった。

　でもいいの、幸せだから。

　幸せだと本当に世界が輝いて見える。前は顔を見てはうんざりしていた森さんも、視界にすら入らなくなった。

　今まで男運の悪さを呪っていたけれど、はるくんと出会えたことを思うと、それまでのことが帳消しだ。むしろわたしって本当はめちゃめちゃ運がいいんじゃない？　と思い直し始めているくらい。

　はるくんから金曜日の夜に食事をしようと誘われたのは、昨日の夜のこと。あの日キスをしてから会うのは初めてだったので、朝からドキドキが止まらなかった。

　ニヤけないように仕事に集中していたら、終業時にはなんだかどっと疲れてしまった。

そわそわ落ち着かないまま帰り支度をして、待ち合わせ場所まで急ぐ。電車を降りて小走りで改札に向かえば、いつもと同じ場所にはるくんが立っていた。その視線は、まっすぐにわたしを捉えている。

「はるくん、お待たせ」

「仕事お疲れさま、ふみちゃん」

「はるくんこそお疲れさま」

会うまでずっとドキドキしていたけれど、はるくんがいつも通り迎えてくれたので、こっちも落ち着いてきた。

そばまで行くとすぐに手を握られる。距離がぐっと縮まる瞬間は、常にドキドキする。

「お腹空いた？」

「うん、もうペコペコだよ」

「じゃあ行こう」

手をつないで歩きだす。駅構内は相変わらず混雑していて、手をつないでいないとはぐれてしまいそうだった。

はるくんに連れられて入ったおしゃれなレストランで、おいしいオムライスを食べる。

そして、お店をでて、またゆっくりと歩いた。

「おいしかったね」

「そうだね」

真夏の風は生温いけれど、冷房の効いたお店をでた直後だったので、かえって気持ちよかった。夜の繁華街はとても賑わっていて、まだまだ大勢の人が行き交っている。学生は夏休みだからか、若い人が多い。

「ちょっと飲んで行く？」

「たまにはいいね」

はるくんはわたしを、高いビルの上層階に入っているおしゃれなバーに連れて行ってくれた。なかは薄暗くて、間接照明が大人っぽい雰囲気を作っている。カウンターと丸テーブルがいくつか見えた。奥には個室もあるようだ。

案内された窓際の小さな丸テーブルから、夜景が一望できた。

「わあ、きれいね」

「そうだね」

高めのスツールに危なっかしく座り、甘めのカクテルをとお願いする。でてきたのは淡いピンク色のものだった。アルコール度数も低くしてもらったので飲みやすい。

「おいしい。こんなのだったらいっぱい飲めそう」

「飲みすぎたら、介抱してあげるよ」

はるくんが優しく笑う。その瞬間、この前車のなかで抱き合った記憶が蘇って、かあっと頬が赤くなるのを感じた。

暗くてよかった。内心でそう思いながら、もうっとはるくんの腕を軽く叩いた。

二杯目のカクテルに手を伸ばしたそのとき、奥の個室から男の人が二人でてきたのが見えた。そこに見知った顔を見つけて、浮き立っていた気持ちが一気に下がる。そこにいたのは、森さんだった。

「あれ?」

一番最初に声を上げたのは、森さんと一緒にいた、わたしの知らない男性だった。知らない人のはずだけど、どこかで見たような気もする。でも思いだせない。

「黒川じゃないか。珍しいな」

「藤尾か」

はるくんが、わたしの知らない顔になる。少し緊張したような、困ったような表情だ。

この人は、はるくんの知り合いだったのか。

「へえ、女連れとは珍しいな。彼女?」

藤尾と呼ばれた人は、まるで値踏(ねぶ)みするみたいな目でわたしを見た。なんだか嫌な視線だ。

「は、はじめまして」

小さく頭をさげると、その後ろから森さんが顔を覗(のぞ)かせた。

「史香?」

「……どうも」

驚いた様子で言う彼に、いまだに呼び捨てにしないでよと思ってしまう。藤尾さんが、おやと首を傾げた。

「知り合いか？」

「同僚ですよ、会社の」

森さんが肩をすくめて答えた途端、藤尾さんの眉が上がる。

「へえ、じゃあサクラ屋フーズの。……いいんだ？　黒川とつきあっても」

「え？」

「藤尾」

はるくんがまるで制止するかのように名前を呼んだ。わたしが聞いたことのない、堅いトーンだ。藤尾さんの視線がはるくんに向く。

「お前も忙しいのによく彼女とデートする時間があるな。最近やたら早く帰るって課長が言ってたけど、これが原因か？　次のコンペも余裕ってことか？　ね、彼女も黒川にアイデアとか助言すんの？」

「え？　助言？」

酔っているのかいないのか、藤尾さんはやけに喧嘩腰だ。言われている意味がわからなくて、思わず聞き返す。

「藤尾」

はるくんがまた名前を呼んだ。今度はさっきよりも強い口調だ。

「……へぇ、なんだ、知らないんだ」

藤尾さんははるくんの顔を見てそう言うと、森さんを振り返って目を合わせた。お互い、なにかを示し合わせたような、なんだか感じの悪い表情を浮かべている。

「まあいいや。邪魔したな」

さっきまでからんでいた態度から一転、藤尾さんはあっさりそう言うと、手を上げて出入り口に向かった。そのあとに続くように動きだした森さんだったけど、わたしの顔を見てすっと近寄ってきた。

「仕事にしか興味のないおもしろみのないヤツだと思ってたけど、ずいぶん大物を捕まえたんだな。今度は捨てられないようにせいぜい頑張れよ」

耳元でささやき、明らかに悪意のこもった目でにやりと笑われた。

そして言葉もでないわたしの肩をぽんと叩くと、藤尾さんを追いかけるようにしてでていった。

仕事にしか興味のないおもしろみのないヤツ――

ずっとそう思われていたんだ。つまらない女だと。

森さんのことなんてもうどうでもいいはずなのに、その言葉は深くわたしの胸に突き刺さった。完璧なはるくんに釣り合わない、と言われたも同然に感じたのだ。

「ふみちゃん」

はるくんの声に我に返る。視線を向けると、はるくんが心配そうな顔をしていた。気まずい沈黙がまた訪れる。さっきまであった甘い雰囲気は、すでに霧散(むさん)していた。

「ごめんね」

はるくんが言った。

「ううん。さっきの人はお友だち？」

「いや、会社の同期なんだ」

「そう。コンペとかあるんだ。忙しいのにごめんね」

「藤尾の言ったことなら気にしないで。僕だって無理な予定は立てないよ」

はるくんがきっぱりそう言ってくれたので、心のなかでホッとする。

「ふみちゃんは、さっきの人」

「えっと……」

「元カレだよね？」

「えっ？　わかるの？」

思わず聞いてしまった。

「うん、なんとなく。なんだかそんな雰囲気だったから」

……そうだよね。名前を呼んだり、近寄ってきて耳元でなにか言ったりとか。森さんの態度は単なる知人にしては微妙だった。

「ごめんね」

今度はわたしが謝る番だ。

「謝らないで」

はるくんはそう言うけど、自然と謝罪の言葉が口からでていた。はるくんを不快にさせてしまったことが悲しい。

「……帰ろうか」

すっかりぬるくなったカクテルを持て余すわたしに、同じようにグラスを持て余していたはるくんが言った。

「そうだね」

なんだか、これ以上飲む気になれない。心なしかはるくんも塞(ふさ)いでいるように見える。

ビルをでると、まだまだ大勢の人が行き交(か)っていた。思わずキョロキョロと見回したけれど、森さんたちの姿は見えなかった。

わたしたちは、自然と手をつないで歩きだしていた。

せっかく楽しい気分だったのに、すべてが台無しになってしまった。しかも、その一因が森さんだなんて、自分が許せない。

「ふみちゃん？」

はるくんの声に顔を上げた。そこにはやっぱり心配そうな顔がある。

「ごめんね」

「どうして謝るの？」

さっきから謝ってばかりのわたしに、はるくんが優しく微笑(ほほえ)んだ。

「わかんない。でも、せっかく楽しかったのに……」

「僕は、一緒にいるだけで楽しいよ」

まるでなぐさめてくれるように、握っていた手に力が入る。

この人は、どこまでも完璧だ。完璧な恋人。それに、さっきの藤尾さんや森さんの言葉から、仕事でもかなり優秀な人なのだろうこともわかった。

そんな人が、どうしてわたしに愛情を向けてくれるのか――

やっぱり、楽しいのは今だけなんだろうか。彼との恋愛も、今までの彼氏たち同様、悲しい結末になるのだろうか。いつか来るかもしれない別れのときを考えたら、胸が苦しくなってきた。

わけもわからないまま、涙がほろりと落ちる。

「ふみちゃん」

「ごめんなさい。わたし、まだ酔ってるみたい」

立ち止まったはるくんが、指先でそっと涙をぬぐってくれた。

「ふみちゃん」

顔を上げて、まっすぐに見つめている瞳を見返す。

「ふみちゃん。今夜、一緒にいてくれない？」

「え……」

「そんな顔のふみちゃんをこのまま帰せない。だから、ね」

そんな風に言われたら、拒絶の言葉なんてでてくるわけがない。頷くと、彼の真剣な目がやわらいだ。はるくんはタクシーを止めると、わたしを先に乗せた。二人で肩を並べるようにくっついて座る。

「どこに行くの？」

「僕のマンション」

小さな声で聞くと、いつもよりも少しぶっきらぼうな声が返ってきた。はるくんも緊張しているようだ。

完璧だと思っていた彼でも、こんなときは落ち着かないのだろうか。クールなはるくんの人間的な部分が見えて、気持ちが軽くなった。

タクシーは十分ほどで、目的の場所に着いた。高級そうなマンションの前だ。

「少し買い物していこう。うちにはなにもないんだ」

はるくんがそう言い、目の前にあるコンビニに足を向けた。

やっぱり、泊まるんだろうか。そうだよね、そういうことだよね。

今ごろになって、改めてドキドキしてきた。

……わたし、今どんなパンツ穿いてたっけ？　見せても大丈夫だったかしら。

今すぐにでも確認したい衝動をなんとかこらえ、一緒にコンビニに入った。

「必要なものを選んで」

そう言うと、はるくんは飲み物のコーナーへ向かった。気を使ってくれたのだろう。

どうしよう。すっぴんになるのは抵抗があるけど、化粧は落としたい。お化粧道具はあるから、クレンジングと洗顔料だけ買おうか。

さすがにコンビニで下着を買うのはためらわれたので、結局クレンジングと洗顔料と歯ブラシだけにした。飲み物や食べ物を入れたかごを持っていたはるくんが、わたしの手からそれらを奪う。

「これだけでいいの？」

「うん。多分大丈夫」

パンツの柄が不安だとはさすがに言えない。

はるくんが会計をし、また手をつないでマンションに向かった。エレベーターで十階まで上がる。降りると風が吹いていて心地よかった。

「高いね」

部屋までの廊下を歩きながら、下の駐車場を見下ろした。

「まあね。すぐに慣れるよ」

廊下を端まで歩いた角部屋がはるくんの部屋のようだ。

「どうぞ」

「お邪魔します」

開けてくれたドアからなかに入ると、ひんやりとした空気が伝わってきた。

「エアコン、ずっとつけっぱなしなんだ」

はるくんが言った。

促(うなが)されるままに靴を脱いで上がり、短い廊下を歩く。その先にリビングダイニングがあって、一番奥がベランダだった。カーテンが開いている窓から、都会のきれいな夜景が見える。

「わー、すごい」

「なにもない部屋でごめんね」

1LDKだというはるくんの部屋は、本人が言う通り、殺風景な部屋だった。でも、廊下も部屋も広く、天井も高い。キッチンとつながったリビングには、ソファとテーブル、テレビ台に載ったテレビ。そして、広くおしゃれなリビングには不似合いな、大きな事務机が片隅に置かれていた。事務机の上で、何台ものパソコンとモニターが静かに動いている。

家具類はとても高級そうに見えた。今はるくんがいるキッチンも広くて、設備も最新式のようだ。だけど、調理器具もなにも見当たらない。

「自炊はしないの？」

「うん。寝に帰るだけの部屋なんだ」

見てもいいよと言われたから、リビングの隣にある部屋のドアを開けた。そこは八畳ほどの洋室で、ベッドしかない。洋服はすべて大きめのクローゼットのなかだそうだ。

「すっきりしてていいね」

「ありがとう」

リビングのソファに座ると、その隣にはるくんも座った。買ってきたペットボトルがテーブルに置かれる。

「ごめんね、コップもないんだ」

「大丈夫よ」

答えながら、完璧彼氏のはるくんの完璧じゃない部分があったことがうれしかった。まあ、コップがあったら完璧というわけでもないけれど。

「今日はごめんね」

改めてそう言うと、またはるくんが困った顔をした。

「どうしてふみちゃんが謝るの？」

「変な感じになっちゃったから」

「それは僕も同じだよ」

はるくんはそう言うけど、感じの悪さは同じでも、同僚と元カレではダメージが違う。

「せっかく楽しかったのに」

そうだ。あそこまでは完璧だったのに。思いだしたらまた涙がでてきた。

「泣かないで、ふみちゃん」

はるくんに、そっと抱き寄せられる。

ああ、やっぱり気持ちがいい。一見華奢（きゃしゃ）に見えるはるくんだけど、触れてみればからだが引き締まっていることがわかる。

長い腕のなかにすっぽりと包まれると、なんだかものすごく安心するのだ。顔を傾け、はるくんの胸元に耳を寄せる。心臓の鼓動（こどう）が聞こえた。わたしと同じように速く動いていて、彼もドキドキしているのだとわかった。

その胸に手を当て、目を閉じる。抱きしめる彼の腕に力が入り、温もりがさらに伝わってきた。

「ふみちゃん」

少し熱を含んだ掠れた声が聞こえた。ゆっくりと顔を上げると、そっとメガネが外され、唇を塞がれる——はるくんのそれで。

一気に心臓が跳ね上がった。

触れるだけのキスが、徐々に深くなる。かすかにアルコールの味が舌先から伝わってきた。何度も角度を変えて、キスをくり返す。腕をはるくんの背中にまわして、しがみついた。強く舌をからませる。

唇を吸われて、頭がクラクラした。キスは気持ちよくて、からだのなかがじわじわと熱くなるのを感じる。もっともっとほしくて、さらに強くしがみついた。

息継ぎの合間に、離れそうになる唇を追いかけてキスを続ける。部屋のなかで静かに動くパソコンの音も、自分たちのキスの音でかき消された。

はるくんの手が、シャツの裾から滑るように入ってきた。

「ん……」

温かな手に触れられて、さらにわたしの中心が熱くなる。

はるくんにもっと触れてほしい。今すぐ全部脱ぎ去って、素肌に触れてほしい。

……素肌？　はっ!!　パンツ！　パンツ確認したい!!

ゆったりした雰囲気をぶち壊すように慌てて顔を上げた。

「ど、どうしたの？」

はるくんがびっくりしている。そりゃそうだ。

「は、はるくん、わたし、シャワーとか……」

とかってなんだと思ったけれど、完璧な恋人であるはるくんはちゃんと察してくれた。

「あ。そうだよね、ごめん」

はるくんは余裕を感じさせる態度で、立ち上がってリビングをでていった。

その隙に、さっき外されたメガネを手にとる。

「こっちに来て」

はるくんに手招きされたので立ち上がってそばまで行くと、玄関の近くにあるお風呂場に案内された。

「なかにあるものはなんでも使って。バスタオルはこれで。着替えはこれでいい？」

渡されたのは、はるくんのTシャツと短パンだった。

「ありがとう。借りるね」

お化粧ポーチとさっきコンビニで買った洗顔料を持って、廊下につながる扉を閉める。

そしてホッと息をついた。はるくんの家のお風呂場にいることが、なんだか照れくさい。

手前にある脱衣所も、おしゃれでとても広い。洗濯機と洗面台があるけれど、ここも驚くほど物が少なかった。広いお風呂場には、大きなバスタブが設(しつら)えられている。でも、そこにも、シャンプーとコンディショナー、ボディソープのボトルとからだを洗うタオルしかなかった。

「はるくん、すごいお家に住んでるんだなぁ……。でも本当、物が少ない」

変に感心しながら、脱衣所に戻って服を脱いでいく。心配していたパンツは可もなく不可もない普通のパンツだった。よくよく考えたら、ボロボロだとか奇抜だとか、そんなパンツなぞ持っていない。

なんだか慌てて損したわ。

服を脱いで、シャワーのお湯を勢いよくだして頭から浴びた。真夏のこの時期、一日外にいたらシャワーを浴びないわけにはいかない。しかも、彼氏のマンションにいるというこのシチュエーションに、汗まみれのからだは大敵だ。

洗い終わってから、バスタオルでしっかり拭いて下着をつけた。同じものを穿くのは嫌だけど、仕方がない。はるくんから借りたTシャツは大きくて、着るとちょっとしたワンピースのようだ。短パンもわたしが穿くには少し大きい。腰ひもをぎゅっとしめた。

持っていた化粧水と乳液をつけて鏡を見ると、お化粧した顔とあまり変わりない自分が映っていた。

「シャワーありがとう」

言いながらリビングの扉を開けると、ソファに座っていたはるくんが立ち上がった。

「僕も入ってくるからテレビでも見てて」

「うん」

はるくんを見送って、ソファに座った。とりあえずテレビをつけてみたけれど、ちっとも頭に入らない。今になって、だんだんと緊張が増してきた。

わたし、どうして今ここにいるんだっけ？

はるくんとデートして、それから森さんとばったり会って。また意地悪を言われて凹んだわたしに、はるくんが一緒にいてほしいと言った。彼が言ったその言葉は、本当はわたしの言葉だ。誰よりもはるくんにそばにいてほしいと、わたし自身がそう思っていた。

ソファの上で脚を抱え込むように座り、膝の上に顔を乗せてテレビをぼんやりと眺めた。心臓の鼓動が伝わってくる。唇にはまだしっかりとさっきのキスの感触が残っていて、お風呂上がりのからだをさらに熱くさせた。

扉の向こうで音がした。はるくんが戻って来たのだ。脚をおろして、ちゃんとテレビを見ているふりをする。

「お待たせ」

ドアを開けて、はるくんが入って来た。お風呂上がりのはるくんは、わたしと同じような格好をしている。いつもちゃんと整えられている髪も、今は無造作で、ほんの少し若く見えた。

はるくんがわたしの前に立ち、手を伸ばす。

「行こう」

その顔にいつもの穏やかな笑顔はない。抗えない力がわたしのからだを動かしていく。無意識に手を伸ばすと、すぐにはるくんに迎えられた。テレビと部屋の灯りを消したはるくんに手を引かれて、寝室へと入った。

薄いカーテンから月明かりが差し込んでいて、部屋のなかを照らしている。

ベッドのそばで止まったはるくんが、くるりとこっちを向いた。

「ふみちゃん」

静かな部屋に、はるくんの少し掠れた声が響く。

「ふみちゃん」

もう一度名前を呼ばれると同時に、その腕のなかに抱きしめられた。

「はるくん」

温かな胸に頬を寄せる。空気の密度がぐっと濃くなったような、とろりとした感覚に包まれた。

お互いのからだから、同じ香りがする。Tシャツの裾から手を入れ、彼の素肌の背中に触れる。はるくんのからだがビクッと震えた。

次の瞬間、ふわりと抱き上げられ、背中に柔らかなマットを感じた。ベッドに寝かされたわたしにおおいかぶさるように、はるくんが見下ろしている。彼の顔が月明かりに照らされて、白く浮かび上がっていた。その目は熱を帯び、少し潤んでいる。

わたしのメガネが外され、ヘッドボードの上にそっと置かれた。

手を上げて頬に触れると、引き寄せられるようにはるくんの顔が下りてきた。目を閉じると同時に、唇が重なる。熱い息がからだのなかに送り込まれ、重なった舌が濡れた音を立てた。それがやけに大きく聞こえる。

からませた舌を強く吸われながら、伸ばした手をはるくんの背中に回す。角度と深さを変え何度もくり返されるキスに、からだがどんどん熱くなる。

「んっ」

唇の隙間から息を吐く。ぴったり抱き合って、キスを続けた。お互いの手がシャツのなかにもぐり、素肌に触れる。はるくんの脚がわたしの両脚の間に入り、その太ももが、さっきから熱く疼いているわたしの中心に当たる。

「あっ」

思わず唇を離して声を上げた。

はるくんはわたしの喉元に唇を這わせながら、何度も太ももをそこに押し当てる。

「熱くなってる」

はるくんがささやく。

「ああ……は、はるくんっ」

触れられるたびに、淡い快感がさざ波のように押し寄せた。もどかしくて、はるくんにぎゅっと抱き着く。そして、自分から、からだを押しつけた。

それが合図になり、背中をさまよっていたはるくんの手が、わたしのシャツと短パンにかかり、脱がせはじめる。同じようにわたしもはるくんのシャツを脱がせ、自らの下着も取り去った。

――見られる前に普通のパンツをベッドの下に投げた、と言えなくもない。

月明かりを浴びて、お互いのからだが白く光っていた。完璧なはるくんは、脱いでも完璧だ。ほどよく引き締まった胸に手を当てる。そのまま手を滑らせると、はるくんの喉がごくんと動いた。

「すごくきれいだ」

ささやくような声に顔を上げる。近づいてきた唇を受け止め、またキスをした。

はるくんの手がわたしのからだに触れていく。長い指が肌を伝うたび、そこから熱が生まれる。

「ふみちゃんのからだ、柔らかいね。すごく」

唇が触れたまま、はるくんがうっとりした声で言った。

「ほら、こんなに柔らかい」

はるくんが言いながら、胸の膨らみをぎゅっと掴んだ。

「んんっ」

刺激にからだがよじれるけれど、はるくんにがっちりと抱きしめられていて動けない。

「逃げないで。もっとよくしてあげる」

キスは唇から首筋に移っていた。彼の唇が鎖骨をなぞり、胸の谷間を通って、硬く立ち上がった先端に達する。はるくんの口に、敏感になったそこが含まれた。

「ああっん」

口からもれた甘い声に、自分で驚いた。

「ああ、すごく甘い。ふみちゃんのここ、まるで僕に食べられるのを待ってるみたいだ」

さらに強く、そこを吸われた。絡んだ舌で舐められ、電流が走るような快感を覚える。

「はっああ……」

はるくんの頭を両手で抱えるように抱きしめ、頭のてっぺんにキスをした。はるくんの手が、わたしの脚の間に滑り込んでいく。さっきから触れてほしくたまらなかった場所だ。そこはもう自分でもわかるほど熱く濡れていた。

その割れ目に、はるくんの指が触れる。それだけでくちゅっと音が響いた。

「濡れてるね」

はるくんの色気まみれの掠れた声が聞こえた。

「言わないでっ」

「熱くなってるよ、ふみちゃん」

「はるくんのせいよ」

「ああ、そうだね」

はるくんがうっとりと笑った。上気した頬と、少し潤んだ瞳。その顔には欲望が表れている。

わたしに欲情しているのだ。そう思うと、からだの奥がきゅんと疼いた。

指が何度も割れ目を擦る。

「あっ、あんっ」

反射的にからだが跳ねる。はるくんの頭をぎゅっと抱きしめ、与えられる愛撫に集中した。

「入れるよ」

濡れたそこに、はるくんの指が浸かる。そのまま奥へと進み、ゆっくりとかきまぜるように動きだした。

「ああ、すごい。もっと濡れてきた」

「だから言わないでってばっ」

「ねえ、ふみちゃん、気持ちいい？　ここは？」

そう言いながら、はるくんの違う指が突起に触れる。痺（しび）れるような快感に、まだからだの奥から蜜があふれてきた。

「はる、くんっ」

はるくんの髪に指を埋め、快感にからだを震わせる。

「ふみちゃんのなか、すごく熱いよ。ねえ、もっと僕の指を締めつけて」

「やぁ、ん……」

敏感になっている突起に、はるくんが指をぎゅっと押しつける。

「あんっ……」

「感じやすいんだね。可愛い。もっとしてあげる」

「ああ!!」

何度もそこを攻められ、つま先から電流のように快感の波が流れた。

小さく痙攣（けいれん）しながら震えるからだに、はるくんの腕が回る。ぎゅっと抱きしめられ、また唇にキスをされた。

「ふみちゃん、可愛い。気持ちよかった？」

キスの合間にはるくんがささやく。

「もうっ」

恥ずかしくて、思わず彼の胸を叩く。

「はるくんの意地悪」

「どうして？　僕はふみちゃんのことを、全部知りたいんだ」

色気にまみれた目をしながらも、声はひどく真面目だ。完璧な恋人は、研究熱心でもあるらしい。

「ねえ、ふみちゃん。もっと近くで味わわせて」

耳元でささやかれた低い美声すら刺激になる。すでにシーツを湿らせるほど濡れて熱くなっているそこが、その言葉をきっかけにさらなる快感を求めはじめた。

わたしの脚にはさっきからずっと、はるくんの熱く硬いものが触れている。からだをずらして、わたしは自分から、濡れた場所を彼に押しつけた。

「わたしも、はるくんにもっと来てほしい」

自分でも恥ずかしいほど、欲望が表れた声だ。

「待っててね」

はるくんはそう言うと、どこからか取りだした小さな袋を器用に開けた。はるくんがわたしを見つめながら、硬く立ち上がったそれに避妊具をつける。生々しいはずのそんな場面も、なぜか清々しく見えるから不思議だ。

自然と脚が開く。濡れた中心が空気に触れ、少しだけひんやりと感じる。はるくんの視線がそこに移った。恥ずかしいのに、欲望が先に立つ。うっとりとした視線を投げかけられ、それだけでまた愛液があふれでてくる。

「はるくん、早く」

腕を伸ばすと、膝をついたはるくんのからだがゆっくりと重なった。たっぷりと濡れたそこに、熱く硬い先端が当たる。期待に胸が膨らみ、大きく息を吐いた。

「ふみちゃん、力を抜いて」

はるくんが腕でからだを支えながら、ゆっくりとわたしのなかへ入ってきた。骨が広げられる感覚に、かすかな痛みと、苦しさ。そしてそれを上回る期待。

「ん、はあ……」

自分のなかからまた蜜があふれ、もっと深く迎え入れようと本能が動いた。

「もっと奥まで入れさせて」

「う、うん」

はるくんのそれが少しずつ入ってくるたび、満たされるような幸せな気持ちを感じる。汗ばんだ広い背中に手を回し、そのからだを抱きしめた。

「ああ、すごくきつい。ふみちゃん、あと少し……」

脚をさらに開いてもっともっと深くへと誘う。ぴたりと重なったときには涙がでそうだった。

「ふふっ、入ったね」

　顔を向けると、唇が重なった。すぐに舌がからみ、強く吸われる。つながった部分は熱く、ジンジンと痺(しび)れて淡い快感をもたらしている。はるくんがゆっくりと動きだした。

「ああ、温かくて気持ちいい……」

　唇を離して、うっとりした声ではるくんがささやく。

「わたしも。すごく、気持ちいい」

　はるくんの頭を撫(な)で、そのまま抱きしめる。ゆっくりだった腰の動きが少しずつ速くなっていく。

　強く揺さぶられながら、はるくんにしがみついた。

「ああっ、はるっ……くん」

「もっと包んで。もっと強く締めつけてくれ」

　敏感な部分を何度も擦(こす)られる。熱く硬いはるくんのそれが、わたしのなかの熱をどんどん上げていく。腰を打ちつける音と、濡れた音。それにわたしの喘(あえ)ぎ声が重なった。

「あぁ、すごい。はるくんっ」

「ふみちゃん、大好き……」

　珍しく上ずった声だった。はるくんがわたしのからだを抱きしめ、強く腰を打ちつけている。ぐちゅぐちゅと濡れた音がつながった部分から聞こえる。

「わたしもっ、わたしも好き」

汗ばんできたからだに、お互いの腕が回る。抱きしめ合い、快感を分け合う。重なった心臓は同じ速さで動き、つながった場所は溶け合ってしまいそうなほど熱い。

汗が流れる首すじを、はるくんがぺろりと舐めた。

「やんっ、だめっ」

「おいしいよ。ふみちゃんはなにもかもが甘い。僕が全部味わってあげる」

そう言うと、はるくんがあちこちに舌を這(は)わせた。

「あんっ。いやあ……」

「大丈夫、ここも忘れていないから」

大きな手のひらが、胸をぎゅっと包む。

「全部可愛がってあげる」

色気を含んだ彼の声に、背筋がゾクゾクした。

はるくんの唇と手が愛撫(あいぶ)を与え続ける。わたしの内側が、彼自身をぎゅっと締めつけた。

やがて、はるくんの動きが少しゆっくりになる。わたしを抱え直し、彼が深く息を吐いた。

「やめないで、はるくん」

彼の耳にささやきながら、脚をさらに広げて奥まで迎え入れる。

裸で、汗まみれで。あとで恥ずかしさに後悔するかもしれないけれど——今はもっともっと、彼がほしかった。

「まだやめないよ」

妖(あや)しい笑みを見せたはるくんが、腰をぐいと押しつけた。一番深い場所を刺激され、電流のような快感が走る。

「あぁっ」

つながった場所から、愛液があふれだす。はるくんが動くたびに、濡れた音は大きくなる。わたしの心臓も、激しく動いていた。

「また濡れてきたね」

「言わないでっ」

「可愛い、ふみちゃん」

はるくんの手がわたしの頬(ほお)に触れた。部屋は涼しいはずなのに、お互いのからだから汗が噴きだす。

「はるくんだって、すごい汗よ」

「もっと濡らしていいよ」

はるくんがうっとりするような笑みを見せると、腰をぐるりと回した。すでに太ももまで広がっている愛液を実感させる動きだ。

「あああっん、もうっ」

「もっと気持ちよくしてあげる」

「はるくん……」

再び、キスが始まった。今度はわたしから仕掛ける。

舌を伸ばしてはるくんの歯列を舐め、合わさった舌を強く吸う。同時に、はるくんの動きもまた速くなった。何度も押しつけられる腰の動きは強く、激しい。愛液があふれでる音がなまめかしく響き、聴覚をも刺激する。

「んんっ。……あぁ」

思わず離れた唇を追いかけるように、はるくんがささやく。

「だめだ。もっとキスして。離れないで」

すぐにまたキスを交わす。強く吸われた舌に痛みが走ったけれど、それすら快感に変わる。

キスをしながら彼にしがみつき、快感の波に身を任せる。広い背中に手を這(は)わせ、脚を上げてはるくんにからませる。つながった場所がさらにぴたりとくっつき、生々しい音が響き渡った。

からだを打ちつけながら、はるくんの手が胸に触れた。柔らかくもまれ、立ち上がった先端を指で転がすように撫でられる。

「うぅ……」

新たに加えられた愛撫が、からだに甘い痺れを与えていく。

キスを続けたまま、ぎゅっと目を閉じる。快感がわたしのからだの中心から生まれ、じわじわと広がっていくのを感じた。

「ああ、い、くっ」

耐え切れず唇を離し、腰を持ち上げてはるくんに押しつけた。快感はあっという間に広がり、わたしを高みまで押し上げる。

びくんと震えるからだを、はるくんに抱きしめられた。彼は腰をゆっくりと動かしながら、わたしの額に口づけた。

「ふみちゃん、可愛い」

それからぐいとからだを起こし、わたしの脚を抱えて広げた。

「は、はるくんっ」

「もう一回。今度は一緒にいこう」

そう言うなり、腰を激しく動かした。

「ああっっ、は、るっ」

打ちつけられるたび、からだの奥を刺激される。はるくんの片手が、つながった場所に触れた。

「あんっ」

すっかり濡れそぼった突起を指で何度も擦（こす）られる。

「あっ、あっ、だめっ。ああっ」

声が止まらない。快感の波がまた迫ってくる。

心臓の鼓動（こどう）が激しい。

「わかる？　僕をすごく締めつけてる」

はるくんの動きがさらに速くなり、指の愛撫（あいぶ）も強くなる。

「ああっ、ダメ。いくっ」

「僕から全部しぼりとって」

「ああっ」

「くっ」

快感の波は一瞬で訪れ、あっという間にわたしを頂点に誘（いざな）った。声と同時にはるくんが強く深く腰を突きだし、わたしの一番奥で熱く爆（は）ぜるのを感じる。

汗がどっと噴きだし、つながった部分から熱い愛液がとろりとあふれだした。

何度か震えた後、はるくんのからだが倒れ込むように下りてくる。腕を伸ばして受け止め、ぎゅっと抱きしめながらその重さを堪能した。

苦しいけどうれしい。

お互いの心臓の音が重なる。両方とも、同じ速さで動いていた。背中をそっと撫でながら呼吸を整える。脚の間はまだジンジンと痺れていて、からだを動かせそうもなかった。

「はあ……。名残惜しいけど、抜くよ」

はるくんが呻き声を上げ、手をついてからだを起こした。わたしのなかから、まだ硬いそれが抜けていく。

「んっ」

そんな小さな刺激でさえ、今の敏感なからだにはダイレクトに響いた。

「待ってて」

起き上がったはるくんは、手早く処理をしたあと、扉を開けてでていった。まだ重いからだをなんとか動かし、起き上がって枕にもたれるように座った。汗が引き始めた肌に、エアコンの冷気が当たる。ひんやりとした風が心地いい。

わたしの脚の間はまだたっぷりと濡れていて、下着をつける気にもならない。せめて拭こうと辺りを見回したとき、扉が開いてはるくんが戻って来た。手にタオルを持っている。

「じっとしてて」

はるくんはそう言うと、わたしの脚の間にタオルをゆっくりと当てた。

「あっ」

それは熱い蒸しタオルで、はるくんはこっちが恥ずかしくなるほど丁寧(ていねい)にそこを拭いてくれた。

「あ、ありがとう」

「どういたしまして」

はるくんはわたしのからだに薄い掛け布団をかけ、また部屋をでていった。

「至れり尽くせりだわ」

静かな部屋のなかでそっとつぶやく。

こんな風にしてもらったのは初めてだ。自分がものすごく大切にされている感じがうれしい。

戻って来たはるくんが、わたしの隣に滑り込んできた。その胸にすり寄ると、優しく抱きしめてくれた。

素肌を触れ合わせるだけで、どうしてこんなに気持ちがいいのだろう。肉体的な快楽とは違う、心が満たされる感覚だ。

眠くなかったはずなのに、不意に睡魔(すいま)に襲われた。話さなければいけないことがあるはずだ。それなのに、はるくんに背中をゆっくりと撫でられるだけで、もう目が開かなくなっていた。

「眠いの？　ふみちゃん」

はるくんが声をかけてくれたけど、返事もできない。

「おやすみ、ふみちゃん。続きはまた明日」

耳元ではるくんがささやく。その声がうっとりするほど心地よくて――。わたしは、考える間もなく、眠りの世界へ落ちていった。


目を開けたとき、部屋のなかは明るくなっていた。目の前にカーテンが見える。後ろから、はるくんの規則正しい寝息が聞こえた。背中から抱きしめられる体勢で眠っていたようだ。エアコンがしっかり効いているので、はるくんの体温が気持ちいい。

少しだけ身じろぎして、また目を閉じる。そのとき、からだに回っていたはるくんの手が動いた。片方の手がわたしのむきだしの胸を包む。そのままぎゅっと引き寄せられ、さらに抱き込まれる。寝ぼけているのかと思わず笑みを浮かべたとき、もう片方の手がわたしの脚の間に滑り込んできた。指が明確な意思をもって、わたしのなかにつぷりと入ってくる。

「……はんっ」

思わず声がもれる。首筋にはるくんの唇が当たり、軽く吸われ、歯を立てられた。一度抜かれた指は脚の間をさまよい、襞をなぞる。そして、わきだしてきた愛液を広げていった。濡れた指先が敏感な突起に触れ、わたしのからだがビクンと跳ねる。おしりにはるくんの大きく硬いものが当たるのを感じた。

「は、はるくん？」

「おはよう、ふみちゃん」

寝起きなのに、やけに艶っぽい彼の声。わたしの中心はもうすっかり潤っていて、はるくんの指をスムーズに受け入れていた。

「あっ、ん……」

何度も出し入れされるたび、水音が大きくなる。

手がいったん離れ、はるくんがごそごそと動く気配がした。そして戻ってきた彼が、うしろからわたしの脚を開いた。そこに、熱いこわばりが押しつけられる。

「はるくんっ、ちょっと待って」

「んー、待てないかな」

彼には珍しい軽口を言いながら、少しずつ、でも確実にわたしのなかに入ってくる。

昨夜の体験で柔らかくなっていたそこは、すぐにはるくんを受け入れた。

「あっ……あぁ」

横を向いて寝転がったまま、後ろからからだをつながれる。経験のない体位に、心臓が余計に跳ねた。

はるくんの腕がからだに回り、片方の手で胸を優しく包んでいる。昨日の夜よりもゆっくりと、はるくんは動いていた。熱く硬いものがぎりぎりまで引き抜かれ、そしてまた入ってくる。ゆっくりと、でも確実に。少しずつ、高みに押し上げられているのがわかる。

わたしははるくんにもたれ、おしりを押しつけた。

「あんっ。は、はるくんっ」

「ふみちゃんのなか、すごく気持ちいいよ。僕にぎゅっと吸いついてる」

耳元でささやく声は甘く、わたしの中心をさらに熱くさせる。

「もっと深く呑みこんで」

「あんっ」

深い場所を突かれ、からだに衝撃が走った。

「ああ、すごくいい。ふみちゃんも気持ちいい？」

「う、うん……。き、気持ちいいの、はるくんっ」

後ろから覆いかぶさるように、はるくんがキスをしてきた。首をぐっとまわしているので、苦しいけれど、それを忘れるほど気持ちがいい。

はるくんの手が、つながった場所に触れる。突起を指で愛撫され、ジンと痺れるような快感が走った。

「あんっ」

「ここ、好き？」

「う、ん。す、き」

はるくんの指が、さらに速くリズミカルに動いた。それに呼応するように、わたしの息遣いも荒くなる。

なかを熱い彼自身で擦られ、外から指で攻められる。どんどんあふれる愛液が、彼の指を濡らしていった。

「やっ、あぁ……」

それでもはるくんの腰の動きは、一定のリズムを保ったままだ。それが少しじれったい。

「あん。は、はるくん、もっとっ」

我慢できず、わたしは自然とおしりを押しつけ、自分から腰を振っていた。

「もっと？　どうしてほしい？　ちゃんと言わなきゃわからないよ」

からかうような声。クールで完璧な彼が、色気まみれで煽ってくる様にたえられず、わたしはさらに自ら腰を動かした。

「ねぇ、言って？　どうしてほしいか、さ」

「ほしいのっ。お願、い……もっとして」

わたしは、あとで絶対に恥ずかしさに後悔するような言葉を発していた。

「よくできました。――ふみちゃん、愛してるよ」

耳元で、はるくんのきれいな声がする。そして、はるくんの腰の動きが激しくなった。

「んっっんん、はるくん！」

待ち焦がれていた、痺れるような快感がわたしのからだを震わせる。はるくんが動くたび、擦られるたび、ぐちゅぐちゅと濡れた音が響く。

またはるくんが体勢を変えた。うつぶせにして、腰を持ち上げられる。おしりを突きだすような格好だ。

「いやっ、だめ！」

恥ずかしくてたまらないのに、はるくんは気にせずに続けてくる。わたしの腰をしっかりと掴み、何度もぶつけるように動く。

「ああっ、あんっ」

リズミカルにからだを揺さぶられる。熱く擦れあうそこに、またはるくんの指が這う。重ねられた愛撫が、さらなる快感を生みだした。

「はっ、はるっ」

「ねえ、ここ、すごく熱いよ。指が溶けそうだ」

「やっ、い、言わないで……っ」

「ふみちゃんにだから言うんだよ。もっと乱れて？　もっとみだらなふみちゃんが見たい」

「ああっ……んっ」

背中に何度もはるくんの唇を感じる。時々ちくんとする痛みが走るから、しるしをつけられているはずだ。そう思った瞬間、快感がからだのなかを一気に駆け抜けた。

「ああっっ！」

自分の内側がびくびくと痙攣しながら、はるくん自身を締めつけるのがわかった。背中越しに、はるくんの荒い息遣いが聞こえる。

その余韻も消えないまま、はるくんがまた体勢を変えた。わたしのなかから、彼のものがずるりと抜ける。からだを回して、今度は正面から抱き合う。

はるくんの顔にははっきりと欲望が表れていた。いつもは穏やかな表情も、切羽詰まったような顔に見える。

「僕だけのものだ」

激しいキスだった。ぴちゃぴちゃと音を立て、何度も強く吸われる。そして、まだ軽く痙攣が残るそこに、はるくんが自身を激しく突き立てた。

「あぁっ」

思わず声が上がる。けれどそれは、はるくんのキスに吸い込まれた。

キスをしながら、どんどん動きが速くなっていく。あまりの激しさに唇が離れる。

「あんっ、ああっ。も、う、だめっ」

心臓が壊れそうだ。力が入らなくなったわたしを支えつつ、はるくんが何度も何度も腰を打ちつけてくる。

「ああ、すごいよ、ふみちゃん。すごく、締めつけてる」

うっとりしたような、熱を含んだ声ではるくんがささやく。

「ねえ、もう一回、気持ちよくなろう？」

彼の指が、ひどく敏感になっている突起に触れた。ぐっしょりと濡れたそこをぐりぐりと愛撫(あいぶ)され、快感が突き抜ける。

「ああんっ、ダメっ。またいっちゃうっ」

「いいよ。もっと気持ちよくなろう？」

はるくんが腰を打ちつけるたび、ベッドがきしむ。その音と、ぐちゅぐちゅと大量の愛液から生まれた水音が合わさって、部屋中に響き渡る。

「あっ、あっ。はるくんっ、好き。大好きっ」

シーツをぎゅっと掴んだ。

「あっ、い、くっ」

「うっ」

同時にはるくんが呻(うめ)き声を上げ、わたしの最奥を力強く突いた。それが二度三度続き、彼がからだを震わせる。

「やっあーっんっ」

わたしの内側が小さな痙攣(けいれん)をくり返しながら、熱い彼自身を締めつけた。どくどくと脈うつそこから、わたしのなかに精が放たれたのを薄い膜越しに感じる。

しばらくして、はるくんがわたしの腰を持ったまま、ずるりとからだを引いた。ぐったりとベッドに崩れ落ちたわたしを、後処理を終えたはるくんが抱き寄せた。

「はるくんったら」

汗ばんだ胸に抱かれたまままつぶやく。

「ん？　なにか？　続きは明日って言ったよ」

はるくんが少し楽し気な声で答えた。

言ったかしら？　言われてみれば聞いたような気がしないでもない。

「ふみちゃんが可愛いから、我慢できなかった」

ぎゅっと抱きしめられながらそう言われたら、これ以上はなにも言えない。

「はるくん、好き」

「僕も。ふみちゃんが好きだよ」

お互いの腕をまわして抱き合い、キスをする。

わたしの髪に、はるくんがキスを落とした。

からだも心もすべて満たされている。幸せ過ぎて涙がでそうだった。

「ずっとずっと、こうしてて」

わたしが言うと、はるくんの腕に力がこもった。


はるくんと濃密な時間を過ごしたことで、わたしのモヤモヤはすっきりと解消されていた。はるくんみたいに素敵な恋人がいるのに、森さんなんかに振り回されてはいけない。

はるくんに愛されて、心まで強くなった気がした。やっぱり愛されている女は強い。

ようやくわたしにも幸運が訪れたようだ。

今までの残念なわたし、さようなら。そして、幸せいっぱいなわたし、こんにちは。

――この幸せはこれからもずっと続くと、このときのわたしは、信じて疑わなかった。

＊

「黒川さん、最近思いだし笑いが半端ないですよ！」

果物ナイフを手に持ったまま頭のなかで回想をしていたら、またいつの間にかアシスタントの西村が横に立っていた。調理台の上に、頼んでおいた食材が置かれる。

自分専用オフィスには、キッチンが併設されている。三口のガスコンロはプロ仕様で、大型の冷蔵庫には必要な食材や調味料が揃っている。味や食感を生みだす研究に、実践は欠かせない。そのための設備だ。ここにすべてがあるから、逆に自宅にはなにもない。

「いやもう、いいですよ。だいぶ慣れてきましたから」

まだなにも言っていないのに、西村は相変わらずひきつった顔をしてでていった。

「慣れていないいじゃないか」

つぶやきつつ、さっきまで頭のなかにあったふみちゃんの顔を再び思いだす。

ああだめだ。ふみちゃんとのあの夜を思いだすと、なにも手につかなくなる。思いがけない元カレの登場で、傷ついたふみちゃんを一人にはしたくなかった。ただ、それだけなんだけれど……、結果的に、俺にとっては最高の夜になった。

その手の経験がないわけではない。むしろ、寄ってくる女性は後を絶たなかったから、どちらかというとそれなりに数はこなしている。でも、あんな風に熱くなったのは初めてだった。あんなにも相手を求め、なにもかもを自分だけのものにしたいと思ったことも。

何度抱いても足りない。完全に自分のなかに取り込んでしまいたい。誰にも見せず、大切な宝物のように、どこかに閉じ込めてしまいたい。

今まで感じたことのなかった独占欲を強く覚えた。そんな感情が自分にあったことも驚きだ。

藤尾と会ったときはどうしようかと思ったけれど、多分なんとかごまかせた気はする。そこだけが小さな棘のように、頭のどこかに刺さっているが、それはこれからなんとかしよう。

「しかし、どうして藤尾とふみちゃんの元カレが……」

あの二人に接点があるなどまったく知らなかった。まあ、元々藤尾の交友関係に興味もなかったけれど。

それに二人の妙な表情も気になる。

「なにかよからぬことが起こらなければいいが……」

頭のなかで、今後のスケジュールを確認する。先日課長に打診された社内コンペの日には、別件の打ち合わせが入った。その資料を作るため、今こうしてキッチンにこもっている。

結局コンペの進行は、藤尾がやることになったらしい。つい最近になって急遽承諾したようで、課長が戸惑いながらも喜んでいた。藤尾はこれまでコンペ自体に参加したことがなかったのに、急にどうしたのか。

「まあ、俺には直接関係ないことか」

そうつぶやいて、作業を続けた。

10

夏の暑さもやわらぎ、少し秋の空気がただよい始めたある日のこと。わたしが開発チームの一員として関わった新商品のお菓子、ふわとろチョコの発表会を来週に控え、関係者が会議室に集まっていた。

会場で配る資料や、段取りなどを確認していたとき、バタバタと廊下を走る音が聞こえた。

みんなが顔を上げた次の瞬間、バンッと大きな音を立てて扉が開いた。飛び込むように入ってきたのは森さんだった。

「た、大変だ！」

ただ事ではない様子に、室内がざわつく。

「どうしたんだい？」

所長が声をかけると、森さんが息を整えながら言った。

「昨日、西城食品の新商品のコンペがあったんです」

「コンペ？　どうして君が知ってるの？」

「肝心なのはそこじゃありません。そこで発表されたなかのひとつが、うちの新製品とほぼ一緒なんです」

森さんの発言に、ざわめきが大きくなる。

「いやいや。流行の系統はどこも一緒なんだから、企画が多少重なるのは想定内だろ」

みんなが驚くなか、冷静に言ったのは、営業部長だ。

「多少じゃないですよ。これ、見てください」

森さんは白衣のポケットから書類を取りだし広げた。

「え、これって……」

覗（のぞ）き込んだ誰かから、声がもれる。

企画書のようで、商品のサンプル写真と原料名、成分表が記載されている。そして、その商品は、森さんの言った通り、わが社の新製品「ふわとろチョコ」にそっくりだった。商品名も一緒、なにより、その成分表の書式も数値も、わたしが実験を重ね、提出したものとまったく同じものだ。

その企画書の一番下に、H.KUROKAWAと記名がある。

……はるくん？　いやでも、そもそも彼は部署が違うはず。

「いったいどういうこと？」

「どうして？」

あちこちから聞こえる声には動揺が含まれている。

「もしかして、情報が盗まれた、とか？」

誰かが言った言葉に、その場がしんと静まり返った。自分の心臓の音が聞こえそうなほどだ。

「可能性はなくはないですよ……」

口を開いたのは森さんだった。神妙な顔をして、取り囲んでいるみんなを見回す。

「だって」

ぐるりと動いた視線が、わたしの前でぴたりと止まった。

「池澤さん、西城の頭脳とつきあってるし」

言い放った森さんの口元が、にやりと歪んだように見えた。わたしに視線が集まる。

「えっ？」

を探す。

口々に問われても、突然すぎて言葉がでてこない。ふるふると首を振り、必死で言葉

「本当か？　池澤」

「ええっ？」

「ま、待ってください。わたし、そんな人――」

知らない、と言おうとしたとき、森さんがフンと鼻を鳴らした。

「とぼけるのはやめなよ。俺、きみと彼が一緒にいるところ見たんだし」

森さんはそう言うけれど、わたしにそんな記憶はない。

今まで黙っていた開発部長が、わたしの前に来た。

「きみは、西城食品の黒川悠生とつきあいがあるのか？」

西城食品の黒川悠生。

呆然として、また言葉を失った。

森さんの口ぶりからすると、はるくんと西城の頭脳は同一人物であるらしい。

自然と震えてくる手をぎゅっと握る。

「く、黒川さんとつきあっているのは本当です。でも、でもわたし、なにもしていません」

それは間違いないことだ。必死で言葉を発したわたしに、また森さんのあざけるよう

な声が届いた。

「やっぱりね。西城のエリートとつきあってるなんておかしいと思ったんだよ。情報を武器にしたってわけか」

そのセリフをきっかけに、まわりの視線が冷たいものへ変化していくのがわかった。侮蔑を含んだ視線がわたしに突き刺さる。

まるでわたしから情報流出を持ちかけたような言い分だ。そんなこと絶対にありえない。反論しなければいけないのに、あまりにショックが大きすぎてまた言葉がでてこない。

視界の端で、所長が大きなため息をつくのが見えた。

「とりあえず、このことは他言無用。いったん解散だ。みんな仕事に戻るように。池澤さんは残って」

開発部長が言い、みんながぞろぞろとでていった。冷たい視線はそのままで、胸が苦しくなるほどだ。森さんが、すれ違いざまこっちを見た。森さんは明らかに笑みを浮かべている。それは、見たこともないくらい禍々しいものだった。

残ったのはわたしと所長、それから中島さんだ。

「これは、かなり由々しき事態だよ、池澤さん」

開発部長が困ったようにため息をつきながらわたしに言った。所長も中島さんも、困惑した表情を浮かべている。

さっきから心臓がバクバクと動いていた。頭のなかは真っ白でふわふわとしていて、まるで雲の上を歩いているようだ。

新商品のデータ流出――

西城とわが社をつなぐものは、はるくんとわたしだ。

彼のことを、完璧な人だけど、普通の社員だと思っていた。ずっと工場勤務だと思っていたけれど、振り返って考えてみれば、はるくんの口からはっきりそう聞いたわけじゃない。確かに時々、開発とか研究とかの人かなと思ったことはあったけれど、それについては彼から違うといった返事をもらっている。

西城の頭脳なんて、もっともっと歳が上のベテランの人だと思っていた。まさかという気持ちはまだ消えない。

「いったい、黒川氏といつからつきあってるんだ？」

聞きたくもないと言った顔で、部長に問われる。

「ち、知人の紹介で、数か月前に知り合いまして、その後おつきあいを……」

「西城の天才ときみがねぇ……」

部長の口から、またため息がもれる。

そんな天才と平凡なわたしが、なんのメリットもなしでつきあえるかと言いたいのだろう。

「で、でもわたし、彼が西城の開発に関わってる人とは知りませんでした。本人もそんなこと言っていませんでしたし。もちろん、会社の情報をもらしたことも持ちだしたこともありません。同じ業界の人だから、お互い仕事の話はしないようにして……」

三人の顔がさらに難しい顔に変わっていく。そのたびに、自分の胸にナイフがグサグサと刺さるように痛んだ。

どうしよう、どうしたら信じてくれるの？　本当にはるくんが西城の頭脳なの？

難しい顔をしたみんなに、悪あがきのように言った。

「あ、あの。黒川悠生さんの顔がわかるもの、ありませんか？」

もしかしたら、同じ名前の別人かもしれない。

「資料があるわ」

中島さんが言うと、いったん会議室からでて、書類を持って戻ってきた。どうぞと渡されたパンフレットは、数年前の西城食品の商品案内だ。

ページの一番最後に、開発責任者として、はるくんの写真と名前が載っていた。今よりも少し若いが、間違いなく彼本人だ。

「同じ人？」

中島さんの気遣わしげな声に、がっくりと頷く。

「でもわたし、なにもしていません」

涙がこぼれそうになるのをこらえ、声を振り絞ってそう言った。はるくんの顔写真が、涙でぼやける。

「事情はわかった。この件は、上とも協議しないといけないな。また追って連絡するから、しばらく自宅待機するように」

そう言うと、開発部長はでていった。

「とりあえず今日はこのまま帰りなさい。今後のことは決まり次第連絡するから」

「……はい」

所長と研究室に戻る。すでに話が広まっているのか、同僚らの目が冷たい。なにも言われることはなかったけれど、刺すような視線を感じる。

こっそりと会社をでて、お昼前のまだ空いている駅のホームに立った。ベンチに座って電車を待つ間、いても立ってもいられなくて、はるくんに電話をかけた。

呼びだし音の鳴ったスマホを耳に当てる。微かに震える手を、もう片方の手で押さえた。

『ふみちゃん？　どうしたの、こんな時間に』

はるくんはすぐにでた。これは、いつでも自由に携帯電話に触れられるということだ。かなり自由に振舞う権限がある、と解釈できる。

「はるくん。はるくんって、西城の頭脳だったの？」

なんて、間抜けなセリフ。

自分でもばかばかしく思ってしまった。それでも、違うよ、なんて言葉が返ってくるだろうとはすでに思っていない。

『……どうして、それを』

思っていた通り、はるくんから否定の返事はなかった。

「本当なの？」

電話の向こうのはるくんは無言だ。それでも、息を呑む気配は感じる。

「昨日、西城の新商品のコンペがあったんでしょ？　そのうちの一つが、うちが来週発表する商品となにもかもがそっくりだったの。しかも、わたしが関わった商品が。その企画書には、はるくんの署名があった。情報の流出だって話になって、それで、わたしがはるくんと一緒にいたのを見た森さんが……」

その先を続けるのがつらくて、思わず声が詰まる。

『ふみちゃんが、疑われてるの？』

珍しく大声だなと思いながら、うまくまわらない頭で、わたしははるくんの声を聞いていた。

「みんながいる前で言われたから。わたし、なにもしてない。はるくんに情報なんて流してない。仕事の話もしたことないでしょ。でも、わたし知らなかったの。はるくんが……」

『……まわりからなんて呼ばれているかは知らないけど、僕が工場じゃなくて、開発部門にいることは事実だ。本当のことを言わなくてごめん。自意識過剰と思われるだろうけど、この仕事や肩書きを知って、態度を変える人も多くて……。そういうのが煩わしくて、極力言わないようにしていたんだ。でも、近々話そうとは思っていた。情報が目的でふみちゃんに近づいたなんてことは絶対にないし、もちろん盗んでもいない。第一、昨日のコンペに僕は参加していない』

言い訳の言葉を並べるはるくんの、焦った顔が頭に浮かぶ。

彼を悪人だとは思えない。それにそもそも、頭脳なんて異名を持つくらいなんだから、わたしなんかよりずっと優れた人だろう。だから、流出データを使う必要などないはず。わたしだって本当は、はるくんがデータを盗ったなんて微塵も思っていないのだ。

だけど——

そう。ショックの正体はわかっている。

「そのことについて、わたしははるくんを疑ってないわ。でも……でもはるくんは、わたしを信用してなかったんだよね」

『ふみちゃん……』

「……ごめんね。今まで男の人に散々嘘をつかれてきたから、わたし、こういうことだけは許せないの。もうはるくんとは……」

『ふみちゃん！』

メガネをずらし、目にいっぱいたまった涙を指で何度も拭う。嘘をつかれていたことがわかったときに、わたしは絶望を感じたのだ。それからずっと、頭のなかにあったセリフ。

二度と会いたくない、もう別れよう――

でも、言いだそうとしても、声がでない。ぎゅっとつむった目の奥に、はるくんの笑顔や楽しかった思い出が次々と浮かんでくる。

今度こそはと誓った恋が、こんな風になってしまうなんて――

今まで通りになんてできないことは、わたしもはるくんもわかっているはずだ。

「……しばらく時間をください」

『ふみちゃん』

「いろいろ考えたいの。もしかしたら、会社もクビになるかもしれないし」

『そんな……』

電話の向こうで、はるくんが絶句した。わたしだって考えたくないけれど、その可能性はあるのだ。

「電話もメールも、しばらくの間なしにするね。だからはるくんからも、連絡してこないで」

『待って、今どこにいるの？』

「今から家に帰るの。自宅待機になったから。あ、電車が来たから切るね」

返事を待たずにスマホの通話を切って、立ち上がった。軽くめまいがしたけれど、なんとか踏ん張る。

幸い電車は空いていたので、座ることができた。窓の向こうに秋晴れの青空が見える。じーっと見ていたら、視界がぼやけてきた。あふれてきた涙を瞬きで振り払って、下を向く。膝の上に抱えた鞄をぎゅっと握ると、手の上に涙が落ちた。

嘘をつかれていたのは、わたしが信用されていなかったからだ。わたしがずっとはるくんを疑っていたように、はるくんもわたしを信じてはいなかった。お互い様のはずなのに、その事実がなによりもショックだった。

電車を降りるころには、擦り過ぎた目がひりひりとしていた。メガネがあってよかったと思いながら、持っていたハンカチで顔を半分隠し、改札を抜けて家へ向かう。

平日のこんな時間、住宅街にはほとんど人影がない。重い足取りで、誰もいない家まで歩いた。自分の部屋に入り、そのままベッドに倒れ込む。

考えなくてはいけないことがたくさんあるのに、今はなにも思い浮かばない。なんとかスマホを取りだして、会社から連絡がないかを確認した。

「わたし、どうしたらいいの？」

誰にともなくつぶやき、スマホを握りしめたままぎゅっと目を閉じた。


人間、どんなときにも寝られるものなんだな。

次に目を開けたときには、部屋のなかはすでに薄暗かった。

「アタタタ……」

おかしな体勢で長時間寝たせいか、からだ中が痛い。腕を突いて起き上がり、握りしめたままのスマホに着信がないことを確認する。それから、しわだらけのスーツを脱いで部屋着に着替えた。

「……お腹空いた」

意外となくならない食欲に自分でも呆れつつ、階下に下りてキッチンを探る。常備されているカップラーメンにお湯を入れ、また部屋に戻った。部屋のテレビをつけ、普段は見ない夕方のニュース番組を見つつラーメンをすする。

会社から電話があったのは、ちょうどそのときだ。

『明日、九時に社長室に』

所長の言葉をどこか遠くで聞きながら、返事をして電話を切った。

社長室に呼びだされるということは、事態はかなりの大事になっているということだろう。また、心臓がバクバクと激しく動きだした。ちゃんと調べてもらえれば、わたしが無実であることはわかるはずだけど――

里沙に電話をしようと思ったのは、それから少ししてからだった。誰かに聞いてほしかったのだ。

『なによ、どうしたの？』

三回目の呼びだし音ででた里沙は、開口一番そう言った。

「どうもこうもないわよ」

今日突然降ってわいたような出来事を、なるべく冷静に、順を追って話す。その間、里沙は一言も口を挟まなかった。

「わたし、情報の流出なんて絶対にしてない」

『まあね、そんなことしてもあんたにメリットはなさそうだし』

なんのためらいもなくあっさり受け入れてくれた里沙に、ホッとした。これで里沙にまで疑われたら、ショックは計り知れない。

『それにしても、森のヤツめ。そんな大勢がいる場所でわざわざチクらなくてもいいのに』

確かに、森さんのせいで大勢の人から疑われてしまっているのは事実だ。

「里沙は、知ってたの？」

なにを、とは言わず尋ねる。

『……部署は知らないけど、結構なエリートだってことは俊から聞いてた。でもそこまで有名人だとは知らなかった。俊が知らないはずないね。……あいつ。とっちめてやる』

また連絡すると言って、電話が切れた。

里沙はわたし以上に怒っているようだ。

情報流出を疑われたことはもちろんショックだったけれど、一人でも無条件で信じてくれる人がいたことで、少し落ち着くことができた。

何度思いだしても、はるくんに情報を流したことはないし、そもそも仕事の話をしたことがない。はるくんのおかしな行動も思いつかない。

自分の無実はわかっているので、じっかりと調べてもらえば、疑いは晴れるだろうと思っている。

だから、心配はもちろん心配だけど、会社の方はなんとかなると考えていた。

むしろもっと大きな問題は、はるくんのことだ。やっぱり嘘をつかれていた事実は、大きくて重い。

わたしは今まで、何度も騙（だま）されて捨てられる恋をくり返してきた。そんなわたしがようやく完璧な恋人とめぐりあい、今度こそと思っていたのに。この恋もまた、同じような結果になろうとしているなんて。

それを考えるだけで、涙がどんどんあふれてくる。はるくんのことが大好きになっていただけに、反動がすごい。ショックを通り過ぎて、もう笑えてしまうほどだ。

「あはは……」

笑いながらも、目からは涙がこぼれ続けた。

目をつむれば、いつでもはるくんの顔を思いだせる。優しい笑顔も、優しいキスも。

胸が痛い。

それは、これまでの失恋の何倍も強い痛みだった。


翌日、腫(は)れた目を水で冷やし、なんとか顔を整えて家をでた。両親は先に出勤しているので、わたしの状況に気づかないままだ。

会社であの冷たい視線にまたさらされるのかと思うと、自然と足取りも重くなる。それでもなんとかたどり着けば、受付に所長と中島さんが立っていた。

「一緒に行きましょ」

その顔に、険しさはない。無視されるか、蔑(さげす)んだ目で見られるんじゃないかと不安に思っていたので、かなりホッとした。

三人で社長室まで行くと、そこには開発部長、営業部長のほか、重役クラスの偉い人たちが顔をそろえていた。自分は無実だと思っていても、緊張で息が苦しくなる。震える脚を前に進め、なんとか指定された場所に座った。

その後は、まさに尋問だった。

はるくんとどこで知り合ったのか、いつからつきあっているのか、仕事の話をしたことはあるのか、研究室からデータをよそに持ちだしたことはあるのか、などなど。はるくん以外の西城の人間との接触についても聞かれた。

それらの質問に一つ一つ、真剣に答えていく。といっても、これまでの答えと変わらない。本当に、なにが悲しくて自分の恋愛事情を他人に何度も話さなければならないのか。

質問がすべて終わり、どこからかため息が聞こえてきた。

「西城の頭脳が、わざわざリスクの高い流出データを使うか？」

誰かがつぶやくようにぽろっと言った。その言葉は的を射ていて、その場にいた人たちを余計に唸（うな）らせた。

「そう言えば、この前のコンペには、はる……黒川さんは参加していないと言っておりました」

昨日の電話で、はるくんはそう言っていた。

わたしの言葉に、その場がまたざわつく。

ずっと黙って聞いていた社長が、椅子から立ち上がった。社長の顔なんて、入社式で見て以来だ。そんなことをぼんやりと思った。

「君の言い分はわかった。会社として、個人のプライベートなつきあいに口出しはしたくない。だが、君ももっと自分の立場を考えて行動するように。情報流出については、これから本格的に調査をする。状況がはっきりするまで、念のため自宅待機を言い渡します。それから、黒川氏との接触も当分の間控えるように」

「……はい」

はるくんとのことなら、すでに自分から拒絶した。うなだれるわたしの背中を、中島さんがそっと撫でてくれた。その手の温かさに、また涙があふれそうになる。

「結果がでるまで新商品の発表は延期。至急調査チームを立ち上げ、関係者の聞き取りをするように」

社長がそう言い、その場は解散になった。

研究室に戻る廊下を、所長と中島さんと三人で歩く。

「わたしは、池澤さんを信じてるわ」

「……中島さん」

「ここだけの話、流出したデータは膨大で、かなり広範囲のようなの。周到に持ちだす準備をして、実行されているわ。池澤さんみたいにぼんやりした人には、無理だと思うのよね」

「……ぼんやり」

「あら。悪い意味じゃないわよ。それに、誰かが言っていた通り、西城の頭脳がそんなことするわけないわ。彼の方が何倍もいい商品を作れる能力を持っているんだもん」

そうだった。西城食品の数々の人気商品は、西城の頭脳、すなわちはるくんが開発したものなのだ。

中島さんと別れて研究室に入ると、そこにいた同僚たちが一斉にこっちを見た。その視線にはいろんな感情が込められていて、思わず逃げだしたくなる。

「とりあえず、今抱えている案件の引継ぎをしよう」

「はい」

所長に促され、書類をまとめる。所長と引継ぎを終え、自分の机を整理してから研究室をでた。

もしかしたら、もう戻って来られないかもしれない——

一抹の不安が頭を過る。なにもやましいことはしていないと、わたし自身はわかっている。それでも、一度でも疑われた事実は消えないのだ。

一人うなだれて歩いていると、目の前にふらっと森さんが現れた。思わず足が止まる。

森さんは冷たい目でわたしを見たあと、口元をくっと上げた。ゆっくりと近づいてきた森さんが、すれ違いざまわたしの隣で立ち止まった。

「調子に乗ってるから、こんな目に遭うんだよ」

反射的に森さんを見上げる。

「おとなしくしとけばいいものを」

「どういうことですか？」

わたしの問いかけになにも答えず、森さんはフンッと笑い声を上げて行ってしまった。振り返って、その後ろ姿を見つめる。

森さんのあの態度は、今に始まったことではない。けれど、なにかが引っかかった。

「……怪しい」

誰にともなくつぶやいた。

会社をでて、また昼間の電車に座って、さっきの森さんを思いだす。なにかを知っているような態度。そもそも、森さんがはるくんとの件を指摘したのだ。はるくんと一緒にいたときにばったり会ったから。

――いや、ちょっと待って。

あのとき、確か森さんも人と一緒だったはずだ。西城食品の、はるくんの同僚と。はるくんに対して喧嘩腰だった男性を思いだす。……そっちの方が何倍も怪しいじゃない。

だいたい、なぜ西城の社内コンペの情報を森さんが知っていたのだろう。情報流出のことでうやむやになっているけど、それこそ相手企業とのつながりがあることを意味するのではないだろうか。

電車を降りて、スマホを取りだす。思わずはるくんにかけようとしていたことに気づき、慌てて手を止める。

「誰に言えば……」

悩んだ末、里沙に電話をした。いつもよりも長い呼びだし音のあと、ガサガサした音とともに電話がつながった。

「もしもし、里沙？」

『ちょっと、こっちは仕事中なんだけど？』

「わたし、思いだしたのよ」

『なにを？』

「前にはるくんとデートしてたとき、森さんとはるくんの同僚が一緒にいるところを見たの！」

『は？　どういうこと』

「そのとき、森さんと、その一緒にいた人がわたしとはるくんにからんできたの。なんだかいやな感じだったのよ。だから、森さんが怪しいと思って」

『なるほどね』

「わたし、調べてみようかと思うの」

もしかしたら、これで汚名返上できるかもしれない。

『なに言ってんの。あんた自宅待機なんでしょ。怒られるわよ』

「あ……そうか」

『ごめん、わたしも今ちょっと忙しいのよ。また連絡する』

あっさりと切られた電話に、思わずスマホをじっと見つめてしまった。仕方なくまた電車に乗り、誰もいない家へ帰る。

歩きながら考えていたのは、森さんのことだった。

そういえば、以前、開発の研究室の方からでてくる森さんとばったり会ったっけ。それに、わたしのパソコンも誰かに触られた形跡があった。マウスにつけていた付箋がなくなった件も、もしかしたら関係があるのかもしれない。思い返せば、森さんは不自然なほどわたしの前に現れていた気がする。

会社には、確か監視カメラがあるはずだ。開発関係は入退室のセキュリティも管理されている。

あれはいつだった？　具体的な日付は？　それがわかれば、調べやすいはずだ。確か、両方ともはるくんとデートした後あたりだ。スケジュール帳で日付を確認する。それから、スマホの電話帳で中島さんの連絡先を探した。自分で動くのは難しい。ならば、人に頼るしかない。今、社内で一番信用できるのは中島さんだ。

電話をかけると、すぐに中島さんがでた。

『どうしたの?』

「急にすみません。ちょっと思いだしたことがあるんです」

まだ疑惑の段階だから、あえて森さんの名前はださなかった。けれど、自分のパソコンに不審な点があったことなどを、日付とともに中島さんに伝えた。

『なるほどね。じゃあ監視カメラの記録が調べられるか聞いてみるわ。セキュリティも履歴が見られるはずだし。わざわざありがとう』

中島さんはそう言うと電話を切った。ホッと息を吐き、わたしが言ったことを素直に受け取ってくれた中島さんに感謝した。

11

そうして始まった人生初の自宅待機。急に与えられたこの状況を、どう過ごしていいのかさっぱりわからない。

一日目はとりあえず買いだしに行った。家にこもるにも準備が必要だと考えたからだ。数日分の食料品を買い込み、家に戻る。そのあとは、ひたすらテレビをながめていた。

里沙からの連絡もない。俊くんからなにか聞いてないかとか気にはなったけど、向こうも忙しいだろうから我慢した。

そして、当然ながらはるくんからの連絡もない。出会ってから数か月、毎日届いていたメッセージは、あの日を境にぷつりと途切れていた。当然だ、わたしが拒絶したんだから。

でも、正直寂しい。寂しくて仕方がない。

はるくんがもっと完璧じゃなければよかった。あんな風に優しい人じゃなければ、もっと簡単に、すっぱりと切ることができるのに。

はるくんのことを考えるたび、目に涙が浮かぶ。この期間中、自分の目は乾くことはないかもしれない。そしてこの先、彼との関係をどうしたらいいのか、わたしは決めかねていた。

そんな風に二日間を過ごしたのだけれど、放任の両親もさすがに三日目には異常に気がついた。

「具合でも悪いの？」

三日目の夜、キッチンでばったりと顔を合わせた母は、珍しく心配そうな顔をしていた。

「まあ、ちょっと」

さすがに、情報流出の疑いをかけられて謹慎中だとは言えなかった。

「そう。仕事は大丈夫なの？」

「うん。この機会にたまってる有休も使うことにしたの」

いや、自宅待機に有休が適用されるのかまったくの不明だけど、ここはごまかしておく。

とりあえず、しばらく在宅する言い訳ができたことにホッとした。

そんなこんなで、誰からもなんの連絡もなく、ただただ部屋に閉じこもって悶々としたときを過ごすこと約一週間。待ちに待った最初の連絡は、里沙からだった。

「もしもしっ」

『やっほー。どうかね、謹慎生活は？』

「自宅待機だってば。どうもこうもないわよ。頭がおかしくなりそうよ」

『あら。可哀想にね』

全然心がこもっていない声だ。

「ねえ、俊くんからなにか聞いてる？」

『まあまあ。それよりさ』

「いやいや、重要案件ですよっ」

『いいから。明日、来てほしいところがあるの』

「……わたし、自宅待機中なんだけど？」

『いいからいいから』

里沙は呑気な声で言うと、場所と時間を告げてさっさと電話を切ってしまった。いったいどういうことなのかと思ったけれど、そのすぐあと所長から電話があって、なぜかさっきの里沙とまったく同じ時間と場所を告げられた。

どうして無関係のはずの二人から同じ場所に呼びだされるのか。訳がわからないものの、なにか進展があったらしいので、行くしかない。

翌日、久しぶりに化粧をしてスーツに着替えた。ずっとだらだらと過ごしていたから、少しスカートがきつい。待機生活がまだ続くようなら部屋でヨガでもしようと、反省をしながら靴を履き、家をでた。わたしが一人家にこもっている間に、季節はまた少し変わったようだ。前よりもひんやりとした風を頬に受けつつ、駅へ向かう。

二人から指定されたのは、都内のホテルだった。ここは、本来ならば、うちの新商品の発表会が行われる予定だった場所。

そんなところでなにがあるのだろうと、ドキドキしながら電車を乗り継ぎ向かった。

大きなホテルの広い正面玄関を抜けて、ロビーに入った。そこには宿泊客とは違う雰囲気の人たちがたくさんいて、グループにわかれるように、小さな輪がいくつもできていた。

そのなかの一つに、所長と中島さんの姿を見つけた。別のグループには、森さんの顔も見えた。どうやら研究室の同僚や、開発に関わった社員らがみんな集まっているようだ。なかには、わたしに気づいて冷たい視線を向ける人もいる。久しぶりなこともあって、かなり凹(へこ)んだ。

とりあえず中島さんのところに向かおうとしたら、誰かに肩を叩かれた。振り返ると、里沙がいた。

「よしよし、ちゃんと来たわね」

「里沙。これはどういうことなの？　あの後、所長からも連絡があったのよ」

「黒川さんが西城の総帥(そうすい)にお願いして、関係者全員を集めたの」

「西城の総帥(そうすい)？」

「そう。さすがよね」

里沙はそれだけ言って、まだやることがあるからとどこかに消えてしまった。

つまり、ここにいるのは、うちの会社と西城食品の開発チームということか。そこに、なぜ里沙？　なんだか知らない間に、いろいろなことが起こっているようだ。

改めて、中島さんの方へ向かう。

「池澤さん、間に合ってよかったわ」

「すみません」

「自宅待機はどう？」

「なにをしていいのかわからなくて、無駄にゴロゴロしてました」

馬鹿正直に答えると、中島さんが笑った。

「まあ、ある種貴重な体験よね。こっちもいろいろ忙しかったけど、それなりに楽しかったわ。情報もありがとうね。それにしても池澤さんって、いいお友だちがいるのね」

中島さんの言葉も表情も意味深だった。わたしが怪訝な顔をしたからか、中島さんはパチンと片目を閉じた。

「謎解きはこのあとで」

――もっとわからない。そのとき、急にあたりがざわめいた。見回すと、奥に続く扉が開いていた。みんなが続々とそこに入っていく。

「こっちも行きましょ」

中島さんに促され、一緒に扉に向かった。なかはかなり広く、正面壇上にはスクリーンがある。

そのまま、前の方まで行く。

しばらくして、壇上にはるくんが現れた。久しぶりに見た彼は、少しやつれているようだ。でも、相変わらずため息がでそうになるくらい素敵。もう何度も経験した胸の痛みが再来する。

はるくんは緊張気味に壇上からまわりを見渡し、わたしと目が合うと、ホッとしたような顔になった。それから、マイクに向かって静かに口を開いた。

「お集まりのみなさん、西城食品、開発主任の黒川悠生です。本日はお忙しいなかお集まりいただき、ありがとうございます」

はるくんのきれいな声が、ホールに響き渡る。その場にいたすべての目が、はるくんに集まっていた。

「先日行われました弊社の社内コンペについて、お話ししたいことがあります。内定調査の結果、とある企画がサクラ屋フーズからの情報流出によって作成されたことが明らかになりました」

ざわついたのは、西城食品側だった。驚きの声があちこちから上がっている。

「その企画書にはわたしの名前が記(しる)されていました。ご存知の方も多いと思われますが、わたしは今回のコンペには参加しておりません。当然、そのような形で企画書をだすこともありません。何者かが、わたしの名前を騙(かた)って、流出データで作った企画書を紛(まぎ)れ込ませたようです」

　今度はこちら側がざわついた。そのざわめきを静めるようにはるくんが手を上げると、すぐにしんと静かになった。

「その企画書は、弊社のとある開発担当者が提出したものとわかりました。その担当者の所持品を調べたところ、サクラ屋フーズのデータと思われる情報が多数発見されました。やりとりをしたと思われるパソコンも調査し、その証拠も押さえてあります。そして、復元したメールの送付元を調べたところ、サクラ屋フーズの研究員のパソコンからであることがわかりました」

　またざわめきが戻ってくる。刺すような視線を感じ、思わずからだがすくみ上った。はるくんがどこかに向かって手を上げる。その瞬間、室内が少し暗くなり、スクリーンに映像が投影された。

　そこに映ったのは、パソコンのメール画面だった。文末に、Mと書いてある。イニシャルだろうか。

　はるくんの声が響く。

「サクラ屋フーズ側に調査をしていただいた結果、一人の研究員が浮かび上がりました。さらに調べたところ、この研究員が不審な動きをしていたことも明らかになりました」

　バッと画面が切り替わる。今度はうちの会社の監視カメラの動画だ。商品開発室につながる扉を開けている男が映っている。その時刻は深夜だ。

他にも、わたしが開発の仕事をしていたときに専用で使っていた研究室に出入りしているところや、わたしのパソコンを触っている様子も映しだされた。カメラを意識しているのか、顔はほとんど識別できないけれど、それが男性であることは明らかだった。

「この研究員が映っている時間に、開発部のメインコンピューターにアクセスした記録も残っています」

また場内がざわつく。わたしへと注がれていた冷たい視線は、いつの間にかなくなっていた。

「コンペのあとも、この男性研究員と当社の開発担当者が会っていたことも調査ずみです」

また映像が切り替わる。今度は隠し撮りしたような写真だったが、顔はきちんと判別できた。そこには、二人の男性が映っていた。一人は森さん、もう一人は、あの藤尾という人だった。

「……やっぱり」

思わず口からでた言葉は、会場内のざわめきにかき消された。

わたしから少し離れた場所にいた森さんが、茫然(ぼうぜん)とした顔でスクリーンを見上げている。まわりの人たちが、信じられないものを見るような目で森さんを見ていた。そこに、はるくんの声が聞こえた。

「両者については、これからそれぞれ聴取を受けていただきます。処分については上層部と協議の上……」

そのとき、西城側で怒号が響いた。

「放せよ‼」

大きな声で叫んでいるのは、黒服の男たちに取り押さえられた藤尾さんだった。顔を歪め、憎しみいっぱいの顔ではるくんを睨みつけている。そんな藤尾さんを一瞥してから、はるくんはまた前を向いた。

「原因、ならびに経緯については、これからも調査を続けます。流出したデータを盗用して企画書を作ったこと自体、あってはならない大きな過失です。今回の件について、サクラ屋フーズ様に大変なご迷惑をおかけしましたこと、ここに西城の開発責任者として謝罪いたします。大変申し訳ありませんでした」

はるくんが深々と頭を下げた。場内がしんとなり、みんなが彼を見ている。

しばらくして、彼がゆっくりと頭を上げた。

「開発は、あくまでもフェアでなければいけません。今回の事件は、開発に携わるすべての人たちを侮辱する行為であり、決して許されることではありません」

はるくんの視線が、森さんと藤尾さんを捉えていた。藤尾さんはまだ悪態をつきながら、森さんは顔面蒼白のまま、はるくんを見ている。

「今回の流出について、この二名以外に関わっている人間はおりません。ご迷惑をおかけした各関係者に、改めてお詫びいたします」

はるくんがもう一度頭を下げた。

みんなの動揺は、まだ治まらない。ショックのあまり泣きだす女性もいた。

それも仕方ないことと思える。もしかしたら、西城側で流出データとは知らないまま、開発に進む可能性があったかもしれないのだ。それこそ商品化までされた状態で、真相が明るみになったら……。お互いのダメージは計り知れない。

生みの苦しみはどこも同じ。そんななか、みんな一生懸命に、よりよいものを作ろうと努力しているのだ。今回の事件は、そんな人たちの努力を踏みにじるものだった。

これまで感じていなかった怒りの感情が、自分のなかに生まれた。今までは自分のことだけで精一杯で、他の人たちのことなんか、欠片も考えていなかった。そんな自分が恥ずかしい。

「こんな形で知らされることになった、一部のみなさんには大変申し訳なく思っています。ですが、内密に処分され、結果だけを発表することを、わたしは許せませんでした。罪のない人が、大勢の前で断罪されたのならば、当事者も同じように断罪されなければならない」

はるくんの視線が、一瞬だけわたしを捉えた。

それで、確信する。この大掛かりな結末は、わたしのために用意されたものだったのだ。

「私怨と言われてしまえばそれまでです。ですが、それを許可して下さったサクラ屋フーズ社長、並びに西城グループ総帥に感謝いたします」

はるくんがまた頭を下げた。それと同時に、スクリーンと壇上のライトが消えた。部屋に明るさとざわめきが戻ってくる。

いつの間にか森さんのそばにも黒服を着た人が現れ、彼の腕を掴んでいた。藤尾さんとは対照的に、彼に暴れる様子はない。ただただ茫然としたままだ。

連れて行かれる二人を、みんなが黙って見ていた。一時わたしに向けていたような視線を、森さんたちに向けている。

「疑って悪かったね」

ずっと黙ったままことの顛末を見ていた所長が、森さんの後ろ姿を見ながらぽつりと言った。

「いえ」

答えながら、はるくんの言葉を思いだしていた。確かに、内密に終わっていたら、みんなからわたしへ向けられた疑いは、完璧には晴れなかったかもしれない。

「わたしも結構協力したのよ」

やれやれといった調子で首を回しながら、中島さんが言った。

「そうなんですか？」

「わたしたち全員、取り調べを受けて無罪が確定してからだけどね」

ふふふと中島さんが笑う。

緊張感の消えたホールのなかには、さっきとは違うざわめきが戻っていた。

「池澤さん、僕たちは会社に戻るよ。もう週末だから、きみは来週から出社するように」

「はい」

所長らを見送り、わたしも帰ろうかとロビーに向かおうとしたとき、里沙と俊くんに会った。二人はノートパソコンやプロジェクターを抱えている。

どうやら、さっきの演出には彼らも一役買っていたらしい。

「お、もう帰るのか？」

何事もなかったような顔をして、俊くんが言った。

もとはといえば、この人が元凶なんじゃないのか――と思い、ギロッと睨む。俊くんがたちまち焦った顔になった。

「おいおい、睨むなよ」

「わたし、先行ってるねー」

里沙が荷物を持って去っていく後ろ姿を、俊くんが恨めし気に見つめた。

「俊くん、わたしに言うべきことあるよね？」

ジト目のままそう言うと、俊くんが困ったように頭をかいて、そしてヘラッと笑った。

「俺も今回は頑張ったんだから大目に見てくれよ。大変なんだぞ、素人が探偵まがいのことをするなんて」

「どういうこと？」

「黒川先輩が、お前の疑いを晴らすために動くっていうから協力したんだよ。里沙に言ったんだろ？　あいつが怪しいかもって」

確かに、里沙にそう言ったのはわたしだ。

「それについては感謝してる。ありがとう。でも――、そもそものことを言ってもいい？」

「あー、わかってるって。そこは全部俺が悪かったよ。里沙にも散々責められたしね。でも、俺だって先輩の意図はよくわかっていないんだって。黒川先輩、前からお前のことを知ってたみたいでさ。前にセミナーで会っただろ。そのときに俺たちがしゃべってるのを見たらしく、紹介してほしいって言われたんだよ」

焦りながら話す俊くんは珍しい。そんなことを思いつつも、またジロッと睨んで話を続けさせた。

「俺がしたのは本当にそこまでだって。ただ、先輩が西城の開発の偉い人ってことは内緒にしてほしいとは言われたけど」

「そうよ、そこが一番の問題だったの！　どうして？」

「どうしてって……。あの人、見た目完璧じゃん」

「うん」

そこに疑いの余地はない。

「だからさ、今まで相当な数の女に言い寄られてんだよ。大学のときも、すごいのなんのって。で、社会人になってみたらこれまた優秀で。西城の総帥すら一目置く天才ってことで、まあモテるモテる」

なんだかおもしろくないけど、否定はできない。

「本人は昔から、女よりは仕事って感じのストイックな人だから、ほとんど無視してたみたいだけどね。でも本人の知らないところで女同士がもめにもめて、迷惑をかけられたことが何度もあるんだよな。で、いろいろあって、今では極力自分の肩書きとかを隠すことにしたってさ」

なるほど、とは思うけれど、やっぱり納得はできない。

「だけどお前には、絶対そのうち言うつもりでいたと思うぞ。先輩、本気だったみたいだし。あんなに女に執着する姿、俺初めて見たわ」

　そうかもしれないけど、そうじゃないかもしれない。すっきりと答えがでないのは、わたしが迷っているからだ。

「でもまあ、結果それで迷惑をかけてしまったから、先輩も必死だったんだ。お前がみんなの前でやり玉に挙げられて、仕事もクビになるかもしれない、って知って。全部自分のせいだって。もちろん、西城の開発の中心人物としての責任もあるしな。証拠集めに駆け回って、西城の総帥にも頭を下げて。でもって内密ではなく、関係者全員の前でこんなドラマみたいな暴露をすることに決めたってわけ」

「わたしのために？」

「そういうこと」

　そこまで聞かされて、うれしいはずなのに、まだモヤモヤが取れない。流出事件は解決した。仕事上でのわたしの問題はなくなったといえる。でも、わたしとはるくんの問題はなにも解決していないのだ。


　ホテルをでて、まだ明るいいなか家に帰る。もうなにをしてもいいはずだけど、なんとなくそんな気にならなかった。

　家の近くまで来たとき、門の前に一台の車が停まっているのが見えた。見覚えのある白い車――はるくんだ。なんとなく彼が来るような予感はしていたので、そこまでの驚きはなかった。

運転席から、はるくんが降りてくる。思わず立ち止まってしまったわたしに、彼が小走りで近づいてきた。

「ふみちゃん！」

そう呼ばれるたび、いつもドキドキしていた。うっとりするほど素敵な声で、そこにわたしへの想いを隠さず乗せてくるから。大好きな声。だけど、今は胸が苦しい。

「はるくん」

「話がしたい」

はるくんが、わたしの腕を掴んだ。触れた手は、驚くほど冷たかった。いつも穏やかに微笑(ほほえ)んでいた顔も、今は少し強張(こわば)っている。

「ここじゃあなんだから」

家にどうぞ、と言った。どうせ、誰もいない。

我が家の駐車場に車を停める。はるくんが神妙な顔をしたまま、玄関から家に入ってきた。

「どうぞ、座って」

とりあえずリビングに案内した。我が家はきれいに片づいているわけではないけれど、散らかっているわけでもない。

　ダイニングテーブルの上に散らばっていたものを隅に寄せて、向かい合って座った。

はるくんは、少し俯きかげんで、難しい顔をしたまま黙っている。なにから話せばいいのか、迷っているのだろう。まるでフリーズしたかのように、ピキンと固まっている。

　そういえば、前にもこんなことがあったっけ？　あれは……どうしてわたしを誘うのか、と聞いたときのことだ。今、そのときと同じく彼の頭のなかで脳細胞がフル稼働しているのだろうか。そう思うと、少しだけ笑えた。

「今日は、ありがとう」

　わたしが言うと、はるくんがハッと顔を上げた。

「わたしのために、いろいろしてくれたって」

「いや……。ごめん、ふみちゃん。今回のことも、いや、最初から、全部僕が悪いんだ」

　はるくんが静かに言って視線を下げた。そんな彼は見たことがない。さっき、あのホテルの壇上で堂々と話していた姿が嘘みたいだ。

「全部話すよ、最初から。長くなるけど、聞いてほしい」

　意を決したように、はるくんが顔を上げる。

「もう聞いたかもしれないけど、僕がふみちゃんに初めて会ったのは、四人で食事をしたときじゃないんだ。もっと前、たしか、二月くらいかな。夜の喫茶店で休憩していたら、隣の席でとんでもない会話をしてた三人がいたんだ」

……二月、喫茶店、とんでもない会話？

「……まさか？」

「うん。座っていたのは男が一人、女性が二人。男が二股をした末、相手の女性が妊娠したとか」

思わずぽかんと口を開けてしまった。あのとき、すぐ近くにはるくんがいたなんて。

「聞くつもりはなかったんだ。でも、結構静かな店だったし、あの男の声はやたら通って……。他にも聞き耳を立ててる人も結構いたみたいだし」

はるくんがフォローするように言ってくれたけれど、あまりフォローにはなっていない。あんな恥ずかしい話を店中の人が聞いていたのかと思うと、今さらだけど恥ずかしさで死にそうだ。

「僕の席から、ふみちゃんの顔がよく見えたんだ。今にも泣きそうな顔をしてた。普通なら怒るか暴れるかしそうなのに、でも、ふみちゃんはずっと黙ったままだった」

ああ、そのときは自分の過去を思いだしてたの。その間に二人には逃げられたけど。

「笑ったら可愛いのになって、そのとき思ったんだ。他人に対してそんな風に思ったことなんて、それまでなかったのに」

はるくんはわたしを見つめながら、少し微笑んだ。

「ふみちゃんが黙っていたのをいいことに、あいつは言いたいことだけ言って、さっさといなくなった。残されたふみちゃんは、そのあとハラハラと涙を流して……。見ていた僕も胸が痛くなったよ。立ち上がったふみちゃんはちょっとふらついていて、心配だったから一緒にでようとしたんだ。けど、タイミングが合わなくてぶつかってしまって……」

「あのときの……」

思いだした。あのとき、確かに誰かにぶつかり、素敵な声をきいた。あれがはるくんだったの？

ちなみにそのとき泣いていたのは、ショックもあるけど、コンタクトがずれたからという方が大きい。

「あのとき、間近で見たふみちゃんはやっぱり泣いてて。笑ってる顔も見てみたいって強く思ったんだ。そのあとも、時々あの喫茶店に行ったんだよ。ふみちゃんが来ないかなと思って」

なんだか照れくさそうな顔になるはるくんを見つめた。

はるくん、よく考えて。あんな別れ話をした場所に、また行くなんてありえないでしょ？　はるくんは完璧だけど、ボケているところもあるようだ。

「それからしばらくして、会社があるセミナーを開いたんだ」

セミナー……。もしかして、あのときのセミナー？

「僕が大学時代にお世話になった教授の講演会でね。風邪をひいて具合が悪かったんだけど、顔をだすだけでもって参加したんだ。そこで、山本と話しているふみちゃんを見つけた。すぐにわかったよ。あのときの女の子だって。で、そこで、ふみちゃんと藤尾がぶつかったんだ」

「えっ？」

なんと、あの無礼な男が藤尾さんだったとは。ということは……

「もしかしてあそこで声をかけてくれたのは……」

「うん。体調が悪かったから、あまりきちんとした対応はできなかったけど」

そうか、あのとき助けてくれたのがはるくんだったんだ。

「手がかりが掴めたら、もっとふみちゃんに会いたくなった。だから、山本に連絡をして、ふみちゃんと会わせてほしいって頼んだんだよ」

あとは知っての通りだ、とはるくんが言った。

「どうして本当のことを言ってくれなかったの？」

「同業者だし、しかも同じ開発に関わってるとわかると、断られるかと思ったんだ。それに、僕の今までの仕事について知って、目の色を変える女性も多くてね。それが原因で、トラブルとかもあって……」

　俊くんもそんなことを言っていた。

「同じことが起こるのが怖かったんだ、だから」

　だから——真実を話さないことにした。

「僕は、これまで女性にはあまり興味がなかったんだ。誰ともつきあったことはないとは言えないけど。でも、正直言って、人にも物にもほとんど興味がなかった。唯一、興味があったのが食べることでね。幸い、味覚にも優れていたみたいで、趣味と実益が合致していたんだよ。そのおかげで、いろいろアイデアがでて、仕事も順調だったわけだけど。だから、ふみちゃんは食べ物以外で初めて興味を持てた存在なんだ」

　……食べ物以外で、か。うれしい、と言えばうれしいのか。微妙な気持ちだ。

「女性に積極的に接したこともなかったから、どうすればふみちゃんに嫌われないか、いつも考えてたし、山本からふみちゃんの失恋の話は聞いていたから、彼らと同じ失敗はしないように気をつけてた。デートだってコーディネートしたことがないから、山本に力を借りて……」

　はるくんの告白は、わたしの想像を超えたものだった。わたしの過去の残念すぎる恋愛も最初から知られていたのかと思うと、なんだかいたたまれない。

「自分でも無理をしていたと思う。でも、ふみちゃんと一緒にいられて、とても幸せだったんだ」

はるくんが微笑んだ。ゆったりとしたその表情は、いつもわたしに向けてくれていたものだ。なにもせずに完璧な人だと思っていたのに、頑張ってくれていたなんて、まだ信じられない。

彼はわたしのために、完璧な恋人を演じてくれていたのだ。ずっと揺らいでいた気持ちがまた揺れる。揺れるけれど……

「はるくん。はるくんがわたしのために、いろいろ頑張ってくれていたのはうれしい……でも、やっぱり、信用してもらえなかったことが、許せない」

「ふみちゃん」

「それにね。わたし、はるくんをずっと完璧な恋人だと思っていたの。だからわたしも、そんな完璧なはるくんに合わせようと必死だった。だから、はるくんがつきあっていたのは、同じように偽ってたわたしだよ。わたしたち、お互い無理をしてたのよ」

そうだ。はるくんがわたしのために完璧な恋人であろうとしたように、わたしもはるくんのために、完璧な恋人になりたかった。でもそれは、本来の自分じゃない。デートのたびに疲れて、後悔して。

「最初から、無理な関係だったのかも」

「そんなことはないよ」

「偽らないと続けられない関係なんて、やっぱり続かないよ」

「じゃあこれからは、無理をやめて……」

はるくんが言ったけど、首を振って言葉を止める。

優しくて穏やかなはるくんが大好きだった。偽りをやめても、はるくんはきっと優しいままだろう。でも……

「だめだよ。わたし、きっとはるくんを疑っちゃう。いくら本当だと言われても、やっぱりもう信じられない。だってこれまで何度も同じような目に遭ってきたのよ。それにきっとはるくんも、ずっとわたしから疑われていたら、いやになるよ」

考えていた答えが、ようやくでた。

「やっぱり、お別れしよう」

きっぱりと告げると、はるくんが目を見開いた。

「ふみちゃん……どうして……」

こんなに素敵な人に自分からお別れを言うなんて、わたしの人生のなかでもう二度とないだろう。

「はるくん、短い間だったけど、今までありがとう。偽りだったかもしれないけど、楽しかった。――最初から、お互いもっと正直だったらよかったね」

自分で言いながら、涙がでてきた。これが正解だと、この結末しかないと決めたはずなのに。

「――じゃあ最初から、やり直そう」

突然はるくんが言った。

「え?」

「やり直そう、今から」

きっぱり言い切る彼。その目には、今まで見たことのない強い光が宿っていた。

これは、作られていない、素のはるくんだ。本当の姿を見せてくれた彼に、心が揺れる。けれど、ここまで完璧な恋人を演じることができるはるくんのことを、わたしは怖くも思った。

いくら他人から情報を得てお膳立てをしてもらっても、普通の人はあんなに完璧な恋人を演じられないだろう。だからこそ怖い。いざとなったら、彼は完璧に人をだますことができるのだ。

はるくんの優しさは本当かも知れない。わたしを好きなことも本当かも知れない。でも、どこまでが本当の彼なのか、わたしにはもうわからない。

これまで、ずっと同じことのくり返しだった。信じては裏切られ、信じては裏切られ。植えつけられたトラウマは、自分でもどうしようもないくらい根深い。どうしたら乗り越えられるのか、それすらもわからない。

わたしのことを真剣に思ってくれているはるくんの気持ちはうれしいけど、やっぱり無理だ。わたしが彼を信じられるようになれない以上、彼の想いにこたえる資格はない。

「ごめんなさい……」

「……じゃあ、いつかどこかで、偶然会えたら」

「え？」

「今じゃなくて、いつか。お互いが忘れかけたころにでも、どこかで偶然出会えたら。そのときは、嘘偽りない姿で、全力で挑むから。――覚悟しておいて」

そう言ってから、はるくんは少しの間俯いた。そして、すっと顔を上げる。そこに浮かぶのは、これまでの穏やかな表情ではない。体温を感じさせない、無機質な表情だった。きっと、これがはるくんの本当の顔だ。

「いつかどこかで、必ず会える。そのときは偶然じゃなく、運命だ」

その顔のまま、はるくんがきっぱりと言った。

ロマンティストで、そして頑固な一面もあるのだ、と。ここにきて、新たな発見をした。

「さようなら、はるくん」

池澤史香、二十七歳。人生五度目の恋にして、初めて自分からお別れを言った。

❋

「池澤さんの処分、重くないといいですね」

西村がぽつんと言った。

あれ以来、ただただ仕事に没頭し、連日深夜まで会社にいる自分に、そろそろ帰ってくださいと声をかけてきたのだった。

窓の外に、都心の明かりが広がっている。西城食品の最上階にあるこの専用スペースは、一人で使うには広く、そして見晴らしがいい。

この景色を見たら、彼女はどんな反応をするだろうか。きっと、目を見開いてうれしそうな表情になるだろう。

彼女の笑顔が見たいと、ずっと願っていた。そのために持てる力をすべて使い、努力を重ねた。

けれど、最後に見たのはやはり泣き顔だった。

彼女から情報流出の話を聞いてから、俺の動きは速かった。資料を取り寄せ、そこに覚えのない自分のサインを見つける。

アシスタントの西村に調査を頼みつつ、憤慨していた山本と里沙さんに頭を下げて協力を要請した。

ふみちゃんからの情報がなくても、怪しいのは藤尾だとすぐにわかった。とはいえ、個人で動くには限界がある。最終的には西城の総帥に直談判したのだ。

「頼みごととは珍しいな」

男から見ても整った容姿を持った、西城グループのトップ、西城暁人は、自分とそう年齢が変わらないのに、ずっと落ち着いて見えた。

「ご協力いただけないのであれば、わたしが責任を取って辞職いたします」

「……西城の頭脳を他にやるわけにはいかないな。好きにしろ」

総帥はそう言うと、怪しい風貌の探偵と、自身直属のSPチームを紹介してくれた。

そこから先はあっという間だ。プロの力を借りて決定的な証拠を集め、総帥を巻き込んで大勢の前で本当の犯人を断罪した。これで、彼女の疑惑は完璧に晴れたのだった。

あのときの、能天気にも謝って説明すればすむと思っていた自分を、本気で殴りたくなる。

彼女の傷は想像よりずっと深かったのだ。結果、俺はさよならを告げられた。

彼女に近づくために無理をしている自分は、嫌いではなかった。モノトーンな自分の世界が、彼女によってカラフルに変わっていく。それが心地よかった。

正体を隠していたのは、過去の面倒な女性たちの存在ゆえだ。彼女たちには、散々仕事の邪魔をされた。それは自分のなかにトラウマとなっている。でも、それはふみちゃんも同じだったのに。

彼女は、自分のトラウマを正直に告白してくれた。なのに俺は、話すことができなかった。嘘が嫌いな彼女にとって、一番してはいけないことをしていたのだ。

いくら完璧な恋人を演じても、偽り(いつわ)の上に成り立っていたのだから、関係は崩れてしまった。でも、どこかで許してくれるんじゃないかと思っていたのだ。

彼女の優しさにつけ込んで、自分の欲望だけを叶えようとしていた。

結局、なにもかもを白紙に戻す必要があったのだ。冷静になった今なら、納得することができる。だけど……

いつかどこかで。

そんな偶然を、ただただ待ち続けることはできない。再会は、偶然なんかじゃない。

必然だ。

12

生まれて初めて、男を振った。

自分から別れを告げたくせに、その夜は一晩中泣いた。今までの別れのなかでも、一番泣いた。そうして枯れるほど泣いたら、なんとかすっきりとした気持ちが戻ってきた。

もちろん、そのあともはるくんを思いださない日はない。嫌われたくないと思った故の嘘は理解できるし、それはお互い様だ。

彼のことを信じられないから別れを決めたとはいえ、はるくんのことを好きな気持ちはなくならなかった。街を歩くたび、電車に乗るたび、無意識にはるくんを探していた。いつかどこかで会えるなら——と。

「あーあ、でも、それももう無理だよねぇ」

誰もいない事務所のなかで、独り言のようにつぶやいた。窓の外を眺めると、遠くに山が見える。

あれから約四か月。

紅葉もとっくに終わり、冬を迎えた今、その山頂近くはうっすら白くなっている。最初は見慣れなかった風景が、ようやく日常になりつつあった。

ここは、サクラ屋フーズの支社だ。東京から少し離れた地方都市のここで、今わたしは事務員兼研究員として働いている。

ここまでの経緯を思いだすと、ほんと、ため息が何度もでてきてしまう。

はるくんと別れた翌週、久しぶりに出社すると、研究室と開発の人たちから改めて謝罪を受けた。それから数日後、驚くことに西城の総帥である西城暁人氏がわが社を訪れ、彼からも直々に謝罪されたのだ。

そして西城氏自らに、ことの顛末を説明された。

まず、藤尾さんと森さんは、二人とも正式にそれぞれの会社を解雇された。

藤尾さんは、次々と新商品を開発して名をあげていく同期のはるくんに対して、ずっとライバル心を持っていた。いつか出し抜きたくて、偶然知り合った森さんと共謀して今回のことを企んだという。

そして森さんは、わたしに対して恨みを抱いていた——らしい。なんでやねんと思うけれど、本人がそう言ったそうだ。

森さんは社内の取り調べで、わたしとの関係も素直に話したという。つまり、二股をかけていた話を。真面目だけど大した仕事もできない、つまらなそうな女に見えたわたしに声をかけることで、優越感を得ていたと。

けれど、わたしが思っていたよりも仕事ができるとわかって、距離を置こうとした。

つまり、浮気したってことだけど。

「発想が短絡的なのよね」

ぽろりと口から、森さんへのイライラがこぼれた。

そうして彼は、わたしよりもずっと理想的な女の子である受付の由奈ちゃんと、見事できちゃった結婚をした。それはよかったのだけど、由奈ちゃんはつわりがひどくてすぐに実家に帰ってしまい、そこから彼の理想とはかけ離れた生活が始まってしまった。

ほぼ毎日彼女の実家に呼びだされ、仕事も満足にできなくなったそうだ。当然だけど、責任ある仕事からも外された。

それに比べ、森さんと別れて以降、わたしはどんどん仕事で成果を挙げていった。そして森さんは徐々に、わたしを妬むようになった。ずっとやりたかった開発の仕事をわたしが任されたことが、引き金になったらしい。

なんとしてでも、わたしを貶めたかったと、森さんが言ったそうだ。

「まったくもう、自分勝手な男なんだから」

そんな二人が、ある日偶然知り合った。きっかけが合コンだというのも驚きだ。藤尾さんの知り合いが企画した合コンに、人数合わせで友だちの友だち……のような関係の森さんに話がきたらしい。さらに驚くことに、その時期はわたしとつきあっている最中だった。

「あの野郎。わたしとつきあいつつ、由奈ちゃんともつきあって、さらには合コンにも行ってたなんて」

わたしのなかで、森さんへの評価がさらに下がったことは言うまでもない。

そんな女の敵である森さんは、わたしを陥れるためにデータを盗んだ。藤尾さんもそれを利用して、はるくんの名を落とそうとした。恋愛関係にある二人を介した情報流出、不正流用で、両者にダメージを与えられると考えたらしい。

そして結果はこの通り。はるくんの活躍で、二人の悪だくみがみんなの知るところとなった。

そんな事件の結末を経て、会社はわたしに支社への出向を命じた。直接の罪はないけれど、パソコンにロックをかけていなかったことや、データ管理の甘さがあったことは否定できず、その責任を取るということで一年間の出向になったのだ。

ちなみに所長も中島さんも、その上の役員クラスも、今回のことで大小さまざまなペナルティを受けた。

もとはといえば、森さんとの拗れた関係のせいでもあるので、わたしもかなり罪の意識を感じていた。だから、今回の異動にホッとしていた。

出向先は実家から通うには距離があったので、今の職場近くにアパートを借りて一人暮らしを始めている。いつかはやろうと思っていた一人暮らしが、こんなかたちで実現するとは。なかなか微妙な気持ちだ。

それでも、新たな場所で新たな生活を始めることは、今のわたしにはちょうどよかった。

「池澤さーん、おつかい頼めます?」

遠くに見える山を眺めながらいろいろと思いだしていたら、作業着姿の所長が顔を覗かせた。

「あ、はい。行けますよー」

お願いしますと渡された小包を受け取る。事務所のすぐ横には工場があって、ほとんどの人はそっちで業務についている。

時期外れな異動でやってきたので、最初は腫れ物にさわるような扱いをされていたけれど、いまではパートのおばちゃんたちともすっかり仲良しだ。

荷物を持って事務所をでた。山が見えるとはいえ、まったくの田舎というわけではない。駅前にはデパートもあるし、お店もたくさんある。大きなショッピングモールも近くて、それなりに賑わっていた。

都心からのアクセスがいいので、大手企業の工場も数多く建っている。中心部から少し離れれば途端に田畑が広がるのが、この土地の特徴といえば特徴だ。

ぶらぶらと歩いて近くの郵便局へ行き、小包を発送した。今まで研究ばかりで、わたしは雑用らしい雑用をしたことがなかった。それが一転、ここではなんでもやっている。おつかいやパートさんの給与計算などもあって、いろいろ新鮮だ。

一応、ここの工場のなかに小さな研究室があって、必要な研究はそこでしている。本社から委託された、ちょっとした成分分析程度だけど。この待遇ははっきり言って左遷だ。けれど、わたしはそれなりに楽しく仕事をしていた。

よいところは他にもある。ここでは、ほとんど残業がなかった。工場は稼働時間がきっちり決まっていて、残業自体がない。その影響で、事務所側もほぼ残業なしで終われるのだ。

夜遅くに満員電車に乗っていた生活とは一転、今では歩いて十分、もしくは自転車で数分の通勤時間だ。あまりの楽さに、一年後、また元の生活を送れるか今から不安になっている。

職場に戻り、書類整理や実験をして、十七時ぴったりに仕事を終えた。すっかり暗くなった外を見ながら、コートと手袋を身に着ける。事務所の外の自転車置き場でばったり出会ったパートさんと一緒に、出口まで自転車を押していく。

「今日はおでんにしようかしら」

「ああ、いいですねー。冷えますもんね。わたしもお鍋にしようかな」

「池澤さんは一人暮らしだっけ?」

「ええ。今まで実家暮らしだったんで、満喫中です」

「今が一番楽しいときね。家族ができたらそれはそれで幸せなんだけど、なかなか自分の時間がないのよね。自由を楽しんで」

「はい」

パートさんと別れ、自転車にまたがる。勢いよく漕ぎだしながら、吹きつけてくる冷たい風に顔をしかめた。メガネをかけていても、風が目にしみる。

「ひー、さむーい」

まっすぐ帰りたいのを我慢して、スーパーに寄る。夕飯と朝ご飯の買い物をして、家に帰った。

念願の一人暮らし。わたしのお城は、二階建てのアパートだ。カンカンと音がなる階段を上がり、二階の端の部屋に向かう。少し古くさい玄関の扉を開けると、すぐに四畳半のキッチンがある。その奥には六畳の部屋が二つ。それからお風呂とトイレ。自宅の部屋よりも広いので、少し持て余しているほどだ。それでいて２Ｋの我が家の家賃は、都内よりもかなり安い。

部屋着に着替え、さっき買ってきた材料を一人用の土鍋に入れた。自炊には多少慣れているのでそれほど苦ではない。それどころか、初めての一人暮らしがうれしくて、いろいろ買いそろえたほどだ。

ただ、ここではたびたび飲みに行くことも、友人とランチやディナーに行くこともない。職場の女性はほとんどが既婚者で、母親ほどの年齢の人も多かった。世間話はできても、休みの日に会うような関係ではない。

だけど、寂しくはない。退屈ではあるけれど、都会でいろいろあった今の自分にはちょうどいい場所だと思えた。

「でも、ここじゃあ偶然なんて、起こりそうにもないなぁ」

思いだすのは、はるくんのことばかりだった。

あのとき、そのままやり直していれば、こんなに寂しい気持ちにならなかっただろうか。でも、いったん芽生えた疑心暗鬼(ぎしんあんき)な気持ちは、きっとずっと消えない。

もう何度目かになる〝これでよかったんだ〟を心のなかで復唱し、ぐつぐつ煮えている土鍋の火を消した。

里沙から電話があったのは、夕飯もお風呂も終えて、本でも読もうかとまったりしていたときだった。

『元気？』

こっちに引っ越してから何度も電話をくれている里沙は、そのたびにこう言う。

「まあね、ぼちぼちやってるわ。残業がない分、楽よ。逆に時間がたくさんあって持て余してる」

『そう』

里沙の声を聞くたびに、はるくんのことを聞こうかと迷う。俊くんつながりで情報は入っているかもしれないから、今どうしているか知っている可能性はある。

でも、それを聞いたところでどうなるのかとも思って、結局なにも言えずにいた。

別れてからあとが気になるのは、はるくんが初めてだった。

「――いいんだか、悪いんだか」

『なにが？』

「いや、なんていうかさ……。自分の男運の悪さを嘆くばかりよ」

今までこっぴどい失恋は何度もあったけど、こんな風に自分の生活を変えてしまうようなことはなかった。引っ越して地方で一人暮らしとか、規模的に言えば、今回が一番ひどいかもしれない。

「左遷なんてオチがあるとは、なんかもう笑っちゃうわ」

スマホを耳に当てたまま、一人用のこたつに潜る。

『悪くないと思うよ』

里沙の声が、やけに優しく聞こえた。

「ん？　なにが？」

『あんたの男運。だって、よく考えて。最初の彼は、真剣につきあう前に話してくれてよかったと思えばいい。あとだったら、傷はもっと深いでしょ？』

「そうね」

『二番目のヤツは、はまりこむ前に別れてよかった。あんなに遊んでる人だったんだもん、そのうち病気をうつされるか、刃傷沙汰になるかしたはずよ』

「まあ、ありえなくないか……」

『三番目の彼は、借金の連帯保証人になる前でよかったじゃない。もしかしたらあんたが借金取りに追われる人生になってたかもしれないんだから』

「ううっ、それは言える」

『四番目の森に関して言えば、もし結婚したとしても、浮気もしただろうし、一生モラハラに苦しめられたはずよ』

「それは確実かも……。じゃあ、はる……、五番目は？」

『あんな完全無欠のいい男とちょっとでもつきあえたこと』

「なによ、それ」

思わずぷっと笑うと、電話の向こうで里沙も笑っていた。

『いっつも最悪になる前になんとか回避していると思えば、あんたの運は悪くないよ。むしろいい方だわ』

そう言われれば、そうかもしれない。ちょっと個性的な理由を差し引けば、こんなの、ありふれた失恋話なのかも。

「そうね、そう思っていようかな」

『そうよ。あんたは運がいいから、これからはきっともっといいことがあるわ』

やけにきっぱりと言い切った里沙に、笑ってしまう。

「だったら、年末宝くじを買うことにするわ」

『当たったら、ごちそうしてちょうだい』

「もちろん」

里沙との電話を切り、こたつに肩まで潜り込む。程よい温もりが気持ちいい。

いろいろなことがあったけれど、今、わたしはお腹いっぱいで暖かくて、気分がいい。

結果がすべてだと思えば、今の状況は決して悪くないのだ。


刺激はないけれど、それなりに充実した日々を過ごし、新たな年を迎えた。年末に買った宝くじは残念ながら外れたけれど、お正月には久しぶりに里沙にも会い、楽しい時間を過ごした。

それからまた日々は続き、街に華やかなバレンタインの装飾があふれる。

そういえば、去年の今ごろ、森さんに振られたんだっけ。あのときはものすごくショックだったけど、今では完全に過去の話だ。

――森さんと由奈ちゃんは、結局離婚したそうだ。中島さんが教えてくれた。

由奈ちゃんは、森さんをエリートだと思っていたらしい。でも結婚後、彼の会社での立場がどんどん弱くなり、そして由奈ちゃんが思っていたほど貯金もないことがわかった。彼女の理想としていた豪華な結婚式もあげられず、結婚早々から森さんに不満を募らせていたそうだ。そこにきて森さんの不祥事と解雇。一年ともたない結婚生活だった。

人の不幸を喜んではいけないけれど、二人の破局を聞いてなんだか胸がスッとしたのは事実だった。

森さんに振られたとき、彼のことをそこまで長く引きずらなかったのは、はるくんの存在が大きい。今思えば、はるくんとの出会いは奇跡のようだった。そういう意味では、わたしは里沙の言うとおり運がいいのかもしれない。

事務所に置いてあった業界紙に、はるくんの記事を見つけたのは先日のことだ。西城の新年会で挨拶する彼の写真が載っていた。今まではるくんが関わってきた商品名も、そこにずらりと記載されていた。そのどれもが、一度は目にしたことのある有名なものだ。

「すごいなあ……」

胸が苦しくなる。

はるくんは、相変わらず光り輝く場所で頑張っているのだ。それに比べてわたしは――

すっかり遠い存在になってしまった。

そう思ったら、悲しくなった。でも、わたしに悲しがる資格はない。差し伸べてくれた手を取らなかったのは、わたし自身だ。

仕事中にそんなことを思いだしていたら、すっかりやる気がなくなってしまった。幸い急ぎの仕事もないので、気分転換にと雑用をこなす。

たまっていた書類を仕分け、署名をしたりハンコを押したり。不足している事務用品の発注をすませてから、頼まれていた郵便物をだしに行くことにした。

「おつかいにいってきまーす」

所長に声をかける。

「お願いします。あ、帰りにお茶っ葉買ってきてくれる？」

「わかりました。ついでにお茶菓子も買ってきますね」

コートを羽織り、マフラーをぐるぐるにまき、手袋もする。昼間とはいえ、この辺りはとても寒い。荷物を持って事務所をでて、冷たい北風に身を震わせた。

「うー、寒い」

マフラーを鼻まで上げると、すぐにメガネのレンズが曇る。

寒さに縮こまりながら郵便局まで行き、手紙をだした。その近くのスーパーに寄り、頼まれていたお茶の葉と、ついでにコーヒー豆もかごに入れる。

「次はお菓子だね」

自社製品のお菓子は事務所にいつもあるけれど、たまには違うのも食べたくなる。市場調査も必要だし、という理由もつけて、なんだかんだで他社製品も結構買うのだ。ライバル会社のお菓子を置いておくと、みんなが手を伸ばすのですぐになくなる。

お菓子の陳列棚にたくさん並ぶ商品のなかに、西城のお菓子を見つけた。チーズ味のスナック菓子。誰もが知っている、よく売れている商品だ。これは、はるくんが開発したもの。よくよく見れば、はるくんが関わったお菓子がずらりと並んでいた。食感の変わったポテトチップスや、指で触っても溶けないチョコ。タブレットタイプのグミに、食べはじめたらとまらないと評判のおせんべい。こんな風に改めて見ると、そのすごさに驚く。

はるくんは、本当にすごい人なんだ。やっぱり遠い存在なのだ。距離も、その立場も。

「遠いよ、はるくん……」

誰もいない通路で、ぽつっとつぶやく。じんわりでてきた涙は、きっと寒さのせいだ。鼻水をすすり、お菓子を選んでかごに入れた。はるくんのお菓子を買うのは微妙な気持ちではあるけれど、おいしいものはおいしいのだからと決める。

お会計をすませ、店をでた。どんよりとした真冬の空には厚い雲がかかっていて、今にも雪が降りだしそうだ。

白い息を吐きながら、ぶらぶらと歩きだす。途中で大きな通りにでると、少し離れた場所にクレーン車が見えた。この前まで田んぼだったところに、なにかの施設が建つらしい。どこか大手企業の工場だろうか。工事をしている箇所はかなり広い。

どうせならアウトレットとかができればいいのに。そんなことを思いながら歩き続けて、踏切に差しかかった。

ちょうどカンカンと音が鳴り始め、安全バーが下りてきたところだ。立ち止まって買い物袋を持ち直し、電車が来るのを待つ。

ふと前を見ると、反対側に男の人が立っているのが見えた。何気なく視線を上げて――

呼吸が止まった。

心臓の鼓動だけが、からだの内側から聞こえる。

「――はる、くん？」

思わずでた声は、踏切の音にかき消された。口をあんぐりと開けたとき、はるくんがフッと笑ったように見えた。

その瞬間、電車が二人の間を通りすぎる。髪が舞い上がり、コートの裾がたなびく。

目をぎゅっと閉じ、わたしは電車が通りすぎるのを待った。

今のは、本当にはるくんだった？　はるくんのことを考えていたから見た、幻？

はるくんに会いたいとも思っていたし、会うのが怖いとも思っていた。

今、目を開けるのが怖い。

電車が通りすぎ、吹きつけていた風がやんだ。

ゆっくりと目を開けると、やっぱり目の前にはるくんがいた。

踏切の音が止み、安全バーが上がっても、わたしは一歩も動けない。そんなわたしを見つめたまま、はるくんは大きな歩幅で近づいてきた。

〝いつかどこかで、偶然会えたら〟

何か月も前の言葉が頭のなかに蘇(よみがえ)る。

はるくんが、わたしの目の前に立った。黒く長いコートを着て、白い息を吐いている。口を開けたまま、その顔を見上げた。

ずっと大好きだった、優しい顔。

まだ言葉がでてこない。その代わり、涙があふれてきた。

「泣かないで、ふみちゃん」

大好きな、きれいな声。長い指が頬(ほお)に触れる。

「どうして?」

なんとか声にだすと、はるくんが落ち着いたトーンで言った。

「ここに、うちの新しい工場ができるから」

ああ、あの大きな施設は西城の工場になるのか。

「この街にふみちゃんがいることは知っていたから、ここに来た。もう一度、会うために」

なんとまあ。こんなところまでわざわざ来てくれたただなんて。

「はるくんのお仕事と、関係あるの？」

「無理やり、ねじこんだ。企画や開発はどこででもできるから、って」

――いつかどこかで出会えたら。

何度も頭のなかを過っていたフレーズ。

「でも、これって偶然？」

ちょっと反則じゃない？　って目で言えば、はるくんはとてもきれいな顔で笑った。

「運命だ」

きっぱり言うと、わたしに向かって手を差しだした。

「黒川悠生です。西城食品で開発の仕事をしています。よかったら、俺とつきあってください」

はるくんが、自分のことを『俺』と言っている。これが、本当の彼なんだ。

胸の奥からいろんな気持ちが込み上げてきた。それがなんなのか、探るのは難しい。

でも、今言いたいことは、わかっている。

「……池澤、史香です。サクラ屋フーズの支社で、事務兼研究員やってます」

おずおずと手を伸ばし、その指先を握る。そして彼の目を見つめて言った。

「よろこんで」

はるくんの表情がふっと緩まった。

わたしの目から、涙がこぼれる。だけどこれは、あのとき以来、何度も流してきた悲しい涙とは違う。うれし涙だ。

最初からやりなおそう。

そして今度こそ、お互いに偽(いつわ)らない、完璧な恋をはじめよう。

完璧彼女になる方法

1

「お疲れさまでしたー」

事務所の扉を開けて外にでると、冷たい風が吹きつけてきた。

「さむっ」

もうすぐ三月だからと油断していたけれど、日が暮れるとまだまだ冷える。

自転車にまたがり、帰宅ルートから少し外れた駅に向かう。ロータリーのバス待ちの列からちょっと離れた場所に、背の高い人影を見つけた。途端に心がふんわり温かくなる。

「はるくん、お待たせーっ」

自転車で目の前まで行けば、はるくんが微笑んだ。

「お疲れさま、ふみちゃん」

「そっちこそお疲れさま。こんなにしょっちゅう行き来してて、大変じゃない？」

「全然平気だよ」

はるくんが白い息を吐きながら、きっぱり言った。

「お腹空いたでしょ？　どこかで食べて帰る？　それとも、うちでお鍋でもしようか。まだ寒いし」

「鍋、いいね」

「じゃあ、お買い物して帰ろう」

「うん」

はるくんは持っていた小さめのボストンバッグを前かごに入れると、わたしに代わって自転車を押してくれた。並んで歩きながら、そっと横顔を見上げる。相変わらず完璧な人だと、つくづく思った。

はるくんともう一度おつきあいを始めて、二週間ほど経っていた。こっちの工場建設に関わっているというはるくんは、週の半分をこっち、もう半分を東京の本社で過ごしている。こちらに事務所兼生活用の部屋も用意されているけれど、泊まるときは必ずうちに来ている。

こういうの、半同棲っていうのかしら？

少しくすぐったい気持ちになりながら、スーパーでお鍋の材料を買い、また自転車を押してアパートに帰った。

「お邪魔します」

コートをハンガーにかけながら尋ねると、はるくんがボストンバッグを持ってきた。

「はるくん、荷物は？」

「ここにあるよ。着替えとか置かせてもらっていいかな」

「いいよ。部屋も余ってるし、収納も余分にあるから。遠慮なく使って」

「ありがとう。助かるよ」

「じゃあわたしはご飯の用意するから、はるくんは着替えててね」

はるくんが持参した荷物を片づけている間に、夕食の準備をする。

食器棚には、はるくんのカップとお茶碗、洗面所には歯ブラシ。部屋のあちこちに、はるくんの私物が少しずつ増えている。そのことになんだかうれしくなった。

離れていた時間と距離を埋めるように、わたしたちは今、ハイスピードで近づいている。正直、もう一度やり直すことは勇気が要った。それでも、彼がわたしに再会するためにわざわざここまで来てくれたことは、とてもうれしかったのだ。

つきあうにあたって、わたしたちは約束を交わしていた。

一度失敗したからこそ、過ちは二度とくり返さない。そのためには決め事が必要だと、口にはださないけれど、お互いにそう思っていたのだ。

隠し事はしない。嘘はつかない。気持ちをため込まない。思うことがあれば、なんでもすぐに相手に言うこと。我慢しない。

これは普通のカップルにとっては、もしかしたら当たり前のことかもしれない。でも、この程度のことが、わたしは今まで実行できなかった。

「夕飯、できたよー」

「全部やってもらってごめんね。持っていくよ」

着替えたはるくんが、土鍋をこたつまで運んでくれた。続いて、お箸や小鉢もちゃっちゃと準備する。

西城の天才をこき使っているようで気が引けるのだけど、はるくんはあくまで自然に、そういったことをしてくれるのだ。

はるくんと向かい合って座り、二人で鍋をつつく。

「やっぱり寒い日はお鍋だね」

「うん。あったまるね」

食通のはるくんには少し物足りないかも知れない普通の食事だけど、おいしそうに食べているのでよかったとしよう。

はるくんは、時間があればこのあたりのおいしいお店を開拓したいと思っているようだ。けれど、かなり忙しいらしく、そこまでの時間がない。

元々本社にいなければいけない立場なのに、今回無理を通してこっちに来ているだろうことは、わたしにも伝わってきていた。しかも、わたしが一年間の期限つき出向の予定なので、はるくんもそれに合わせるらしい。西城としても、特別待遇だという。そんな扱いをしてでも、西城側は彼を手放したくないのだ。

わたしとつきあうことは、はるくんから関係者に報告したそうだ。普通ならありえないけれど、あんなことがあった後なので、秘密の恋はやめにしたのだ。それを踏まえての今回のはるくんの異動なので、事情を知っている人のなかには、わたしに文句を言いたい人もいるだろうことは想像に難くない。

わたしに向けられるそんな悪意を減らすため、はるくんはものすごく頑張っている。優秀でやっぱり完璧なはるくんが、わたしのために今まで以上の努力をしている。それがわかるから、わたしもわたしなりに、できることはなんでもしようと思うのだ。ちなみにわたしも、仕事関係の人にはるくんとのことは報告している。

わたしが今ここでできること。それが、彼とできる限り一緒にいることだ。それをはるくんが望んでいるのだから。

今のところ、二人で長い時間一緒にいても、息苦しさや緊張感は感じない。気になるときはすぐに言うようにして、ため込まないことで、お互いに肩の力が抜けたようだ。

「あー、お腹いっぱい」

「おいしかったね」

食べ終わった食器を運び、二人で並んで洗い物をする。

この状況、なんだか新婚さんみたいだ。もしはるくんと結婚したら、こんな風な生活になるんだろうか。

今まであんまり考えたことがなかったけれど、改めて意識してドキドキが止まらなくなった。

動揺しながら洗い物を終え、交代でお風呂に入る。そして、こたつをのけて布団を敷いた。

「さすがに、お布団はもう一組いるよね」

「どうして？」

「だって、狭くない？　わたし、寝相が悪いし、お布団取られたら寒いわよ？」

「狭くないし、ふみちゃんの寝相は悪くないし、寒くないよ」

一つ一つ、きっちり否定された。

「そう？」

「うん」

まあ、確かにこれまで何度も一緒に寝たけど、大抵ははるくんにぎゅっとされて寝て、ぎゅっとされた状態で起きている。

「じゃあいいか。寒いようだったら言ってね」

「うん。ふみちゃんこそ狭くて嫌じゃない？」

「わたし？　うーん、確かに狭いけど、はるくんにくっついてるのは好きだから」

なんだか、おっきな抱き枕が近くにあるみたいで、結構ぐっすり眠れるんだよね。

「よかった」

電気を消して、二人でお布団に入る。早速はるくんの腕がまわされる。お風呂上がりで温まったからだはほかほかしていて、とても気持ちがいい。

「明日は何時起き？」

「ふみちゃんと一緒でいいよ。現場に寄って、そのあとはこっちの事務所で仕事する予定だから」

「ん。夜は向こう？」

「うん。残念だけど、明後日の朝イチで会議があるんだ」

本当に残念そうに言うはるくんの背中を撫（な）でる。

はるくんの出勤形態は、状況によって変わるようで、一日おきに本社とこっちを移動することもある。大変だと思うけど、はるくんはそんな素振りはあまり見せない。

ひょうひょうと、でも人並み以上にちゃんと、彼は仕事をこなしているらしい。

「そっか。もう寝よう。おやすみなさい」

「おやすみ」

ぎゅっと抱き合って、眠りにつく。

それは少し前までは考えられなかった、至福の時間だった。

2

事務所の机の上に置かれたタイムカードの束を、ため息とともに見つめる。大きな工場なので、働いている人数が多い。しかも短時間、短期間のパートもたくさんいるので、これをまとめるのは一苦労なのだ。とはいえ、ちまちました作業は苦ではないから、時間さえかければなんとかなる。

ようやくタイムカードの処理を終え、本社の研究室から送られてきた実験依頼の書類を眺めながらお昼ご飯にする。午後はなにから始めようかと考えていたとき、所長から声がかかった。

「池澤さん、おつかい行ける?」

「いいですよ」

コートとマフラーでしっかり防寒して、お財布を持って外にでた。吹いてくる風は相変わらず冷たい。コートのポケットに両手を入れ、首をすくめてなるべくマフラーで顔を隠すようにして歩きだした。

工場の敷地の外周をぐるりとまわり、大通りにでる。頼まれていた郵送用の封筒や切手を買い、次は銀行に向かうためにまた移動する。大きな道を歩いていると、工事現場にでた。西城食品の工場建設現場だ。

「はるくん、いないかな?」

彼は今朝、こっちに来たはずだ。今夜会う予定になっている。

現場の入り口に差しかかったので、開いているゲートの隙間からなかを見た。するとそこに、はるくんがいた。十数メートルほど離れた場所で、向こうを向いて立っている。こっちには気づいていない。

あら、なんて偶然! 声かけても大丈夫かしら?

そう思ったけれど、はるくんは一人ではなかった。はるくんの隣に女性がいる。二人でおそろいのヘルメットをかぶり、ファイルを見ながら話していた。

女性の顔ははっきり見えないけど、服装から、わたしと同年代くらいに思える。明らかに仕事関係の人だとは思うけれど、いかんせんふたりの距離が近かった。まるで頭をくっつけあっているかのようだ。しかも、彼女の手がはるくんの腕にそえられている。

結局、声をかけるのは憚(はばか)られたので、黙ってその場を立ち去った。

仕事中のはるくんを初めて見た気がする。とはいえ本業は開発だから、建設の現場というのは彼の本職とはちょっと違うだろう。けれど、どんな仕事でも、はるくんは完璧にこなしているようだ。とても真剣な表情をしていた。仕事中はあんな顔なんだな。

それにしても、さっきの女の人、ちょっと距離が近すぎない？　そりゃそばでゴンゴン工事の音がしてるから、近づかないと声は聞こえないと思うけどさ。それでも、あんな風に手をかけるのっておかしくない？　はるくんも避けたらいいのに。

あー、わたしもこんなことでヤキモチを焼くようになったんだな。

自分の心の狭さに反省しつつ、それでも今夜本人に絶対確認しようと、足早に銀行に向かった。

おつかいを終えて事務所に戻り、定時間際まで実験をする。報告書を作って帰り支度を終えたころには、終業時刻を三十分ほど過ぎていた。急いでスマホを確認すると、留守番電話が入っていた。はるくんからだ。

『ふみちゃん、ごめん。急にトラブルが起きて本社に戻ることになったんだ。また夜に電話する』

『黒川さん、急いで！』

『わかってる。じゃあ』

駅のホームからのようだ。仕事であれば仕方がない。だけど……

「その女はだれよっ!?」

留守番電話に話しかけても、もちろん返事なんか返ってこない。頭に浮かんだのは、昼間の工事現場で、はるくんにくっついていた女性だ。やっぱり同じ人なんだろうか。いや、何人もいたらそれはそれで嫌だから、できれば同じ人の方がいい。いや、よくないか。

会社の人にヤキモチを焼いてどうするの?

グルグル回る自分の感情を持て余しながら、わたしは自転車に乗って帰宅した。

3

翌朝、目覚めもなんだかイマイチだった。

寒さのせいだと自分に言い聞かせ、えいっと飛び起きる。はるくんがいないから、朝ご飯も簡単に、トーストと紅茶だけにした。ぱっぱと食べて、さっさと家をでる。

目覚めが悪い理由は、はるくんから連絡がなかったからだ。

「電話するって言ったくせに」

ぽつっとつぶやいた声は、冷たい空気のなかに消える。

もちろんなんの連絡もなかったわけじゃない。朝起きたら、連絡ができなかったことへの謝罪メッセージが届いていた。

わたしだって、忙しい仕事の合間を縫ってまで電話してこいと思っているわけではない。ただ、今回はちょっとタイミングが悪いから落ち着かないのだ。

変なヤキモチを焼いた分、直接話したかった。すぐ顔が見られる距離にいないので、小さなことも余計に気にかかるのだ。不安定な気持ちのまま何日も過ごすことは、結構きついものがある。

世のなかの遠距離恋愛成功者は、いったいどんな風に折り合いをつけているのだろう。

一生懸命自転車を漕(こ)いだので、会社に着いたときには少し汗をかいていた。

「おはようございます」

気を取り直して、事務所の扉を開ける。まだ誰も来ていない。コートを脱いで、ポットでお湯を沸かす。ついでにと、机のまわりをほうきで掃(は)き、ごみ箱のごみをまとめた。机の上も、丁寧に拭く。たまったＦＡＸや書類を整理して、ファイルボックスにしまう。

からだを動かしていれば、余計なことは考えなくていい。

その結果――。所長や他の人が出社したときには、事務所内は結構きれいになっていた。

「なんだか今日はすっきりだね」

「朝からはりきってしまいました」

えへへと笑うと、所長が感心したような顔になった。

さすがに、遠距離恋愛の弊害だとは言えない。

気を取り直して机に向かい、経費の精算作業に集中した。さすがに仕事が始まれば、嫌なことを考えている時間はない。

お昼休みになり、社員食堂でご飯を食べた。一人黙々と食べていると、思いだすのはあのことだ。

やっぱり腹立つわー。知らないことが一番腹が立つ。

黙ったまま我慢しないことは、約束の一つだ。

会ったら絶対はっきりと聞いてやる。

昼食を終えて、すぐさまはるくんにメッセージを送った。

〝今度いつこっちに来られるの？〟

以前はメッセージを送る時間帯に気を使っていたけれど、今はあんまり気にしない。なぜなら、はるくんは西城食品の本社ビルの最上階に専用オフィスを持っていて、そこで一人で仕事をしていることが多いと知ったからだ。

わかってはいたけれど、めっちゃエリートじゃないか！

返事は五分後にきた。

〝昨日はごめん。今日は遅くなると思うけど、夜にそっちに行きます。夕飯には間に合わないかも〟

よかった。悶々とする時間は短くてすみそうだ。今日は金曜日だし、多少寝るのが遅くなっても平気だろう。

〝了解です。じゃあご飯は先に食べちゃうね。着く時間がわかったら連絡ください〟

まるで夫婦のようだなと、一人照れくさくなりながらやり取りを終える。午後の始業を告げるチャイムとともに、仕事を再開した。

定時までパソコンに向かい、買い物をしてから帰宅する。まだ連絡がないので、一人で先に夕飯を食べた。

お風呂の用意をしようかと思ったとき、はるくんからメッセージがきた。これから会社をでるそうだ。今からだと、うちに着くのは日付が変わる前くらいだろうか。

まだまだかかることがわかったので、一人でお風呂に入り、布団を敷いて寝る準備をした。

「でもまだ寝られないし」

布団にごろんと寝転がっても、本当に寝るわけにもいかない。長距離移動で疲れてるはるくんには申し訳ないけれど、わたしの心の安定のために、尋問をしなければならないのだ。

さて、どう切りだそうか。

そう思ったところで、外に車が停まる音が聞こえた。そしてカンカンと階段を上がってくる音が続く。

「あ、来たかも」

玄関に向かおうとしたところで、控えめなノックの音が聞こえた。

「はーい。はるくん？」

「ふみちゃん、遅くなってごめん」

扉の向こうから、はるくんの声がした。

「お疲れさまー」

玄関の扉を開けると、少し疲れた顔をしたはるくんが立っていた。

「早く入って」

「うん。ごめん、遅くなって」

はるくんと一緒に、外の冷たい空気も入ってくる。

「お風呂、残してあるから入ったら？　その方が温まるよ？」

「ありがとう、そうするよ」

はるくんが上着を脱いでいる間に、お風呂の追い炊きをする。ずっと保温状態だったから、すぐに準備ができた。

「ご飯は食べた？」

「うん、移動中にすませたから」

はるくんがお風呂に入っている間に、預かった洋服を片づける。こたつに入ってテレビを見ていたら、日付が変わっていた。

いつもならもう寝ている時間だ。あくびをかみ殺したとき、はるくんがお風呂からできた。

「温まった？」

「うん、ありがとう」

はるくんが目の前に座ったので、まだ少し生乾きの髪を拭いてあげる。疲れているのか、自然にわたしの肩に頭を乗せてきた。なんだか可愛く感じる。

可愛いが……

「はるくん、そこに座って」

「え？」

顔を上げたはるくんをお布団の上に座らせ、わたしもその前に正座した。

「どうしたの？　ふみちゃん」

「はるくんに質問があります。正直に答えること」

「うん」

戸惑いながらも、はるくんが頷いた。

「昨日、一緒にいた女の人はだれ？」

「え？　昨日？」

「お昼ごろに、工事現場で一緒にいた人よ」

「ああ、アシスタントだよ。こっちでの仕事のために、新たにつけてもらったんだ」

「ほほー」

アシスタント、ねぇ。

「なんか怒ってる？」

「アシスタントにしてはくっつき過ぎよ」

わたしがびしっと言うと、はるくんの顔が変化した。

「そう？」

なぜかうれしそうだ。

「なにを笑ってるの？」

「ふみちゃんのヤキモチ、初めて見たから」

「笑いごとじゃないよ」

「うん、そうだね」

はるくんは真面目な顔に戻って、それもすぐにゆるんと崩れる。

「ちゃんと気をつけるよ」

そう言って、わたしに向かって両手を広げた。その腕のなかに飛び込むと、温かな胸に抱き寄せられた。

「嫌な気持ちにさせてごめん。昨日、ちゃんと電話すればよかった」

頭の上ではるくんの反省を含んだ声を聞きながら、その背中に抱き着く。

「わたし、自分で思う以上にヤキモチ焼きかも」

「その方がうれしいな」

顔を上げると同時に、唇が重なった。舌はすぐに絡み合い、濡れた音を立てる。しがみつくと、ぎゅっと抱きしめられた。

そのまま布団に倒れこむ。キスを続けながら、はるくんの手がパジャマの裾から入ってきた。なにもつけていない裸の胸に、温かく大きな手のひらが重なる。

「ん……」

指先で先端をはじかれ、同時にわたしのからだも跳ねる。ぎゅっと優しく掴まれ、その刺激にからだがどんどん熱くなっていく。

「大好きだよ」

甘い声が聞こえた。それはダイレクトにわたしのからだを熱くする。くり返されるキスと胸への愛撫で、頭のなかはもう真っ白だ。

パジャマはいつの間にか脱がされていた。お風呂上がりで少ししっとりとした肌が、ぴたりと合わさる。お互いの体温が同化していく。

はるくんの手と唇がわたしに触れ、手が、脚の間に入ってきた。すっかり濡れそぼったそこに、指が触れる。

「あんっ」

鼻から抜けるような甘い声が、自分の口からもれた。目をぎゅっと閉じて、はるくんの指の動きを感じることに集中する。

溝をなぞり、襞を広げ、たっぷりとぬかるんだそこに彼の指が沈んでいく。長い指でなかを探られ、同時に親指で敏感な突起をぎゅっと押された。

「やっ」

痺れるような快感が走り、からだが跳ねる。

「ふみちゃん、可愛い」

うっとりするほどきれいな声が、すぐ近くで聞こえた。目を開けると、愛撫をしながら、はるくんがわたしの顔をじっと見つめていた。

「やだ、見ないで」

「それは無理だよ」

近寄ってきた唇が、わたしにキスをする。

「もっと気持ちよくしてあげる」

はるくんはそう言うと、ゆっくりと頭を下げた。唇が喉から鎖骨、胸からお腹へと徐々に下がっていく。

「は、はるくん」

閉じていた太ももが開かれる。空気が触れて少しひんやりしたそこに、熱い息を吹きかけられた。

「あっ！」

たったそれだけなのに、からだがビクッと跳ねる。

脚をさらに大きく開かれた。あらわになったそこに、はるくんのキスが落とされる。

「ん……っ」

全体をちゅっと吸い、舌が襞をなぞっていく。あふれ続ける蜜を、彼の舌が塗り広げる。剥きだしになった中心に吸いつくようなキスをくり返され、わたしのからだは何度も跳ね上がった。

「あんっ、だめ。いっちゃうっ」

声が抑えられず、布団をぎゅっと握りしめる。

「いっていいよ」

一瞬だけ唇を離してはるくんが言う。そしてすぐに彼は突起に舌を絡め、強く吸った。

「やっ……あっ」

同時に、なかに指が入れられる。わたしのなかで、はるくんの指がリズムを刻む。

「ああっ。だめ、だめ……」

うわ言のような自分の声。はるくんは、まるで子猫がミルクを舐めるみたいに、ぴちゃぴちゃと音を立てている。

「いやっ、だめ……。あん……」

「だめなの？　なら、やめようか」

途端、指と舌が離れ、快感が遠のく。

「――っ、いやっ。……やめないでっ」

恥ずかしいのに、自然と腰が持ち上がった。

「どうしてほしい？」

はるくんの指が、割れ目をすっとなぞる。そのじれったさに、からだが揺れた。

「……お願い、して。もっと舐めて」

「いい子だ」

くすっと笑ったはるくんの舌が、待ち望んだそこを舐めた。

「あぁっ……」

たっぷりと濡れた中心には、長い指が差し入れられる。

舐められるたび、指で奥を探られるたび、甘い痺れのような快感に襲われる。めいっぱい脚を広げ、手ではるくんの頭を掴んだ。

彼の舌が、さらにリズムよく動く。そして、ジンジンと痺れていた突起を強く吸われた瞬間、稲妻のように快感が駆け抜けた。

「ああんっっ！」

はるくんの指を締めつけながら、愛液がとめどなくあふれてくるのがわかる。ビクビクと跳ねるからだは、はるくんに押さえられた。

「ふみちゃんのここ、すごく熱いよ」

指を引き抜き、その指をはるくんが口に含んだ。赤い舌がちらりと覗き、そのあまりのセクシーさに、絶頂を迎えたばかりのからだに震えが走る。

「ん、甘くておいしい」

「やだっ、言わないでっ」

「どうして？　本当だよ。もっと詳しく言うと、甘くて少しだけしょっぱい」

はるくんが妖しく笑う。

この人は、こんなにエロティックだっただろうか。

「今度は俺の番だ」

妖艶な笑みを浮かべたままささやくようにそう言うと、彼はどこかに手を伸ばし、取りだした避妊具を口にくわえた。器用に包装を破り、すでに昂っている彼自身に装着する。

「お願い、早く来て」

両腕を伸ばし、倒れてきたはるくんを迎え入れた。大きく広げた脚の間に、彼のからだが収まる。たっぷりと濡れたそこに、ゆっくりと彼自身が沈められていく。

「ああ、熱い……。ふみちゃんのなか、すごく熱いよ」

「はるくんだって、すごく硬い」

「ふみちゃんがそうさせてるんだ。ねえ、俺を見て」

その声に視線を上げると、うっとりとわたしを見つめているはるくんと目が合う。

「その顔……。わかる？　自分がどれだけ俺を求めているのか」

わたしの頬に、彼の手が触れた。

「どれだけみだらに俺を誘っているのか」

長い指が唇をなぞる。

「わ、わかんない」

徐々に満たされていくのを感じながら、ふるふると頭を振った。

「わからなくていい。俺だけの秘密だ」

はるくんは微笑(ほほえ)み、そしてわたしのなかにすべてを沈めた。

「ああ……」

はるくんはわざとじらすように、行き来をくり返している。熱く硬いものが、まだ快感の余韻に疼いている突起や襞を擦り、触れられるたび、さざ波のような快感が訪れた。

「はるくん、もっと」

汗ばんだ彼に腕を回し、素肌を合わせる。同時に、もっと深くに彼を受け入れようと、自然とわたしの腰が動いていた。

「ふみちゃんのなか、すごく気持ちいい。からみついてくるよ」

喘ぐような声ではるくんが言った。我慢しているみたいに眉をぎゅっと寄せている。はるくんの額から流れた汗が、わたしの頬に落ちた。

少しずつ、確実に深く彼が入ってくる。満たされる喜びが胸にあふれ、自然とわき上がってくる涙が、目尻から流れた。

「はるくん……っ、大好き」

最奥まではるくんを受け入れると、まるでパズルのようにからだがピタリと合わさった。つながった隙間から愛液があふれる。それはお互いのからだを濡らし、はるくんの動きをよりスムーズにさせる。

「愛してるよ」

ささやきながら、はるくんがキスをした。舌を絡ませ、どちらのものかわからない唾液を呑み込む。それと同時に、はるくんの腰が強く動きだした。打ちつけられるたび、甘い振動がわたしをまた絶頂に押し上げていく。

「ううっ……っ」

激しく合わさったそこが、ぐちゅぐちゅと卑猥な音を立てた。からだをぶつけ合う音と、二人の呻き声がさらに重なり、濃厚な音楽を奏でる。

「ああ、はるくん。いっ、っちゃう」

擦られるたびに訪れる快感の波は、確実に強さを増していた。今にも飛び立ちそうなほど、すぐそこまで迫っている。

「いいよ、一緒に行こう」

はるくんの動きがさらに速くなった。彼の指が、敏感な突起に伸びる。そこを擦られ、甘い痺れが一気に広がった。

「ああっんっ」

襞が彼自身を包み、ぎゅっと締めつけながら収縮をくり返す。それに合わせるように、はるくんがより大きく深く、何度かわたしを突いた。

「いやっ……！　ああっ」

目の前がスパークする。

「うっ」

呻き声のあと、わたしの最奥で彼が震えた。彼も達したのだ。

その後も、余韻を楽しむみたいに、はるくんが何度か軽く突いてきた。そのたびに痺れは広がり、わたしの心拍数を上げ続けた。

「ずっとこうしていたい」

まだつながったまま、はるくんが言った。少し気だるい表情の彼は、驚くほど妖艶（ようえん）に見える。

「ずっとふみちゃんのなかにいたい」

「はるくん……」

汗ばんだ大きな背中に手を這わせる。はるくんが、自身をゆっくりと引き抜いた。

「あんっ」

「いつかそうさせて」

耳元でささやき、そしてまた唇を塞がれた。さっきみたいなセックスに直結するようなキスではなく、ゆったりとしたキスだ。

汗と愛液で濡れたからだを抱きしめあい、眠りにおちる直前まで、わたしたちは甘いキスをくり返した。

4

　週末の間中、はるくんといちゃつき倒した。程よい倦怠感(けんたいかん)と安堵感で幸せいっぱいになりながら、わたしは新しい一週間をスタートさせた。はるくんはまた東京に戻ってしまったけれど、今のわたしは大丈夫だ。

　そしてルンルン気分で日々を過ごし、今日は水曜日。午後の仕事を始めつつ、ぼんやりとはるくんのことを考えた。

　今日の午前中に、彼はこっちに来ているはず。夜は一緒にご飯を食べる予定だ。わたしの方が早く終わりそうなので、はるくんの事務所まで迎えにいくことになっている。

　仕事をこなし、定時ちょうどに事務所をでた。はるくんに連絡すると、まだ終わらないから来てほしいとのことだったので、早速向かうことにする。

　鼻歌を歌いながら自転車を十分ほど漕(こ)ぐと、駅近くにあるおしゃれなタワーマンションに到着した。この辺りでこんなに背の高い建物はここだけなので、遠くからでもよくわかるのだ。

　はるくんが事務所にしている部屋は、二十五階だ。エントランスにつながるドアの前で、部屋番号を押してインターホンを鳴らす。

『はい？』

「え？」

応対の声は女性だった。驚いたけど、すぐにはるくんのアシスタントの存在を思いだす。

「あ、あの。池澤です」

『……どうぞ』

やけにつっけんどんな言い方だ。感じの悪さが気になったけれど、とりあえず開いたドアからなかに入る。高級そうなロビーを抜けて高層階専用のエレベーターに乗ると、あっという間に二十五階に到着した。

はるくん一人だと思っていたから、ちょっと緊張する。ドキドキしながらインターホンを押すと、やはりさっきの女性がでた。

「池澤です」

『お待ちください』

ほどなくしてドアが開いた。開けてくれたのはわたしと同年代と思われる女性で、なんというかあまり特徴のない人だ。

とにかく、普通。わたしと同じで、ものすごく普通な感じの人だった。

「黒川さんはまだお仕事中なんです」

「あ、ですよね。すみません。あまりお邪魔にならないようにしますから」

言葉と態度から、邪魔をするなよって言われているのがよくわかった。そっと靴を脱いで、部屋に入る。事務所とはいえ、普通の3LDKのマンションだ。一番玄関に近い部屋の扉は開いていて、なかにベッドが見えた。宿泊所も兼ねている部屋だからベッドがあるのは当然なのだけど、なんとなくぎょっとする。とはいえ、はるくんがここに泊まったことはないはずだ。

女性が先に立って、廊下の奥へと進む。

開けられた扉の先は、かなり広いリビングだった。でも、家具類はほとんどない。事務机が二つと、大きな机が一つあるだけだ。はるくんはその大きな机に座って、パソコンのモニターを見ていた。

「ふみちゃん」

はるくんの視線が動き、わたしを認めて笑顔になった。

「ごめんね、早く来すぎちゃった?」

「いや、来てくれてうれしいよ。でもごめん。もう少しかかりそうだから、ちょっと待ってて」

「うん」

「あ、そうだ。アシスタントを紹介するよ。伊藤さん」

　はるくんはそう言って、さっきからずっと黙って後ろに立っている彼女を手で示した。

「伊藤恵子です」

「あ、池澤史香です」

　頭を下げるけれど、伊藤さんは相変わらず愛想笑いの一つも浮かべない。

　仕事に戻ったはるくんを横目に、閉まっているカーテンを少しだけ開けて外を眺めた。

　一面に夕闇が広がっている。日の暮れた街は都会ほど明かりがないけれど、真っ黒な山の稜線がはっきりと見え、これはこれできれいだった。

「どうぞ」

　かけられた声に驚いて振り返ると、伊藤さんがお茶を淹れてくれていた。

「あ、ありがとうございます」

　勧められた事務椅子に座り、温かい湯呑を持つ。ふと視線を上げたら、伊藤さんがわたしをじっと見ていた。

　な、なにかしら。めっちゃ見られてるわー……

「池澤さんって、サクラ屋フーズにお勤めですって？」

　唐突に伊藤さんが言った。

「あ、はい」

「なんのお仕事をされてるんですか？」

「今は事務ですかね」

一応研究も毎日しているけれど、最近は事務仕事の方が多い気がする。

わたしが答えると、伊藤さんの眉がかすかに上がった。

「へえ、そうなんですか」

ん？　なんかちょっと馬鹿にされた？

ほんの少しだけだけど、悪意のようなものを感じる。ただの事務員が、なんではるくんとつきあっているのか、と言わんばかりだ。

伊藤さんはそれ以降、いっさいわたしに関わることをやめて、自分の仕事をしだした。

あちこちに電話をかけ、メールをチェックし、書類を作ってははるくんの机の上に置く。

この二人、いつもここで二人きりで仕事をしてるんだよね。こんなに至近距離でずっと一緒にいたら、なんかよからぬこととかあるんじゃない？

――なんて、ちょっと怪しんでしまう。

「黒川さん、その書類の決裁、明日までなのでお願いします」

「ああ」

「このあと、課長から書類が来ますので、今日中にサインお願いします」

「わかった」

「次のミーティングは金曜日の十五時で決定です」

「スケジュール表に書いておいて」

ビシビシと報告する伊藤さんと、聞いているのかいないのか、パソコンに没頭しているはるくん。今のところ、この二人に怪しい感じはない。ちょっと安心する。

小一時間ほど待ち、伊藤さんがまたどこかに電話をかけ始めたとき、はるくんがパソコンの電源を落として大きく腕を伸ばした。

「ふみちゃん、お待たせ」

「終わった？」

「うん。遅くなったね、なんか食べて帰ろうか」

「そうだね」

椅子から立ち上がり、はるくんが帰り支度をするのを眺めていたら、電話を終えた伊藤さんが慌ててはるくんの前に立った。

「待ってください。黒川さん、今日は地元の方の接待ですよ」

「え？　それ延期になったって言わなかった？」

「言ってませんよ。早く用意してください。遅れたら困りますから」

はるくんが、申し訳なさそうにわたしを見た。

「ふみちゃん、ごめん」

「いいよ、大丈夫だから」

さすがに仕事の邪魔をする気はない。

「申し訳ありませんが、池澤さんも早くでてもらえますか？　戸締まりもありますし」

「あ、ごめんなさい」

「本当にごめんね、ふみちゃん。終わったら連絡するから」

まるで追い立てられるように、部屋からだされた。

なによ。予定があるなら伊藤さんもさっさと言ってくれたらよかったのに。なんであのタイミングまで黙っていたのか。わたしが遊びに来ただけだとでも思ったんだろうか。

なんだか、複雑な気持ちのまま、エレベーターに乗って下まで下りる。自転車置き場から自転車をだし、乗ろうとしたところで、タクシーに乗り込む二人の姿が目に入った。

その様子を見て、わたしはまたなんとも言えない気持ちになっていた。

5

結局あの夜、はるくんはずいぶん遅い時間にわたしのアパートに帰ってきた。疲れたように見えたし、はるくん自身が悪いわけではないので、問い詰めはしなかった。けれど、多少悶々(もんもん)としたことは事実だ。

西城の天才が地方都市にやってきたものだから、この辺りの有力企業がこぞって接待をしているという話は、ちらほらと聞いていた。彼はいろいろと有名人なのだ。だから、少しでもお近づきになっておきたい、と考える気持ちはわからなくもない。そのことについて口はだせないし、そもそもなにか言うつもりもないので、黙っていた。

だけど、わたしはモヤモヤを引きずったままだ。モヤモヤの原因は、伊藤さんの態度だということはわかっている。けれど翌日またはるくんは本社に戻ったので、彼女のことを話す機会はなかった。

「愛想の欠片(かけら)もなかったもんね」

思いだしても、怒りを通り越して笑えてくるくらいだ。でも見ていた限り、はるくんへの接し方は〝仕事ができる女〟という感じだった。工事現場でべったりくっついていた人と同一人物とは思えない。いったいどっちが彼女の本性だろうか。余計モヤモヤしてしまう。

そんな状態のまま、数日が経(た)った。朝出社すると、珍しく早く来ていた所長が小さな箱を持っていた。

「おはようございます」

「おはよう。池澤さん、ちょうどよかったよ。これ今日のミーティングで使おうと思うんだ。説明書見といて」

「なんですか？　これ」

「ボイスレコーダー。去年の忘年会のビンゴ大会でもらったのがでてきたんだ。会議を丸ごと記録しておけば、議事録を作るのに便利だと思うんだ」

「へー」

　議事録が必要な会議をやったことがあっただろうかと思いながら、所長から箱を受け取った。なかを開けると、手のひらに収まるくらいの小さな機械が入っている。説明書を一通り読み、テストをしてみたら、結構簡単に録音できた。

「音もクリアだし、なかなかすごいものなのね」

　感心しながら、早速パートさんを集めたミーティングで使ってみた。すべてを録音して、ミーティング後にボイスレコーダーを所長に渡す。受け取った所長はというと、なんだか困惑気味だ。

「これって、最初から全部聞き直さないといけないよね」

「そうですね。そういうもんですし……」

「それに、よく考えたら議事録なんて必要ないよね。本社からの連絡事項読んでるだけだし……」

「まあ、そうですね……」

「……これ、あげる」

「はい？」

「使い道ないし。池澤さんにあげるよ」

所長はちょっと投げやりに、レコーダーを返してきた。

彼の想像となにか違ったんだろうなと思いながら、ボイスレコーダーを受け取る。とりあえず今日録音した分のデータはパソコンに保存した。

もらってもなーと思いつつ、自分の鞄にそれを仕舞った。


はるくんがこっちに来たのは、それから数日後のことだった。ここ最近は本社との行き来が頻繁で、彼自身もかなり疲れているようだ。

「早くふみちゃんの顔が見たいよ」

なんて、可愛いことを言ってくれたりする。

夜に会う約束をして、待ち合わせ場所を決めた。また伊藤さんに邪険にされるのが嫌だったので、事務所に行くのはやめにした。

せっせと仕事をして、時間に間に合うように会社をでる。自転車を漕ぎながら、何を食べに行こうかと考えた。そうして待ち合わせ場所に着いたのだけど、まだはるくんの姿はない。

「珍しい。いつも先に来ているのに」

はるくんと約束して会うようになった日から、彼はいつもわたしより早く来ていた。

今まで、わたしより遅かったことは一度もない。

そんなはるくんが、今日はいない。

「……もしかして何かあったのかしら」

嫌な予感というものは、得てして的中するものだ。

はるくんはそれから二十分経ってても来なかった。何度もスマートフォンを確認するけれど、着信はまったくない。

「おかしいなあ。まだ仕事が終わらないのかしら？」

せっかく録音してみようと思ったのに。

所長にもらったボイスレコーダーにはるくんの声を録音してみようと、待ち合わせに向かう道すがら思いついたのだ。

ボイスレコーダーを取りだして、指でもてあそぶ。

「よし、電話かけちゃお」

反対の手でスマホを操作して、はるくんに電話をかけた。しばらく呼びだし音が鳴ったあと、つながる音がした。

「もしもし、はるくん？」

けれど、応答がない。

「もしもし？」

『……ごめんなさいね』

突然聞こえてきたのは、伊藤さんの声だった。驚きのあまり、わたしはとっさにボイスレコーダーの録音スイッチを押していた。

「あの……」

『今、黒川さんはでられないの。わかるでしょ？』

それだけ言って、電話は切られてしまった。

いやいや、わかるかい！

意味深なセリフに嫌な予感を覚えつつ、すぐさまリダイヤルした。次はすぐに応答した。

『言いたくないけど……黒川さんは今、シャワーを浴びてるの』

それだけ言ってまた切られた。

……シャワーだと？　シャワーってなによ、こんな時間に!?

またすぐにリダイヤルしたけれど、今度はまったくつながらなかった。

「どういうことよ」

停めていた自転車にまたがり、大急ぎではるくんの事務所を目指す。

人が少ないのをいいことに、超高速で自転車を漕ぐ。そしたら、十分の距離を五分で着いた。マンションのエントランスで事務所の部屋番号を押したけれど、こっちもまったく応答がない。

なんでこんなセキュリティのいいマンションで働いているかな。住人から開けてもらわない限り、建物のなかにも入れないじゃない。

一旦あきらめ、マンションから少し離れて見上げる。事務所は二十五階だ。電気がついているか確認したいけど、どの部屋なのかさっぱりわからない。

ここじゃないのかしら? でも、うちとここの他に、はるくんが行きそうな場所なんて知らない。

ダメ元でもう一度電話をかけてみたけれど、やっぱりでなかった。

「なんか、もう疲れた……」

自転車にまたがる。さっき思いっきり漕いだせいか、脚が痛い。仕方がないので、今度はゆっくりとペダルを漕いだ。

アパートに着いてから、夕飯の用意がなにもないことを思いだした。けれど、今さら買いに行く気にもならない。もう、いい。夕飯はカップラーメンにしよう。

はるくんは浮気しているんだろうか。

ショックだとか悲しいとかむかつくとか、不思議とそんな感情はなかった。どこかではるくんがそんなことをするはずがないと思っているのだ。

「でも、思わぬ証拠も取れちゃったしな」

とっさに押したボイスレコーダーには、伊藤さんの声がばっちり録音されていた。

「どうしたもんかなあ」

こたつに入ってカップ麺をすする。

「こんなときでもお腹は空くもんね」

悲しいかな、男とのトラブルには免疫があるのだ。

いまだに、わたしのスマートフォンにはなんの連絡もない。伊藤さんが嘘を言っている可能性も否定できないけど、肝心の本人に連絡がつかないのだからどうしようもなかった。

悩んだところで、解決するものでもない。明日も仕事なので、さっさと一人でお風呂に入り、布団に横になった。眠る直前までスマホを握りしめていたけれど、結局はるくんからの連絡はなかった。

6

翌朝、目覚ましの音で起こされた。睡眠時間はいつもと変わらないのに、頭のなかはどんよりしている。枕元にあるスマホを見ると、日付を超えた時間にはるくんからのメッセージが入っていた。

〝連絡できなくてごめん。その後も接待が続いて……。夕方に急なテレビ会議が入って、まったく抜けられなかったんだ。その後も接待が続いて……。本当にごめんね。埋め合わせは必ずするから〟

急に来られなくなった理由としては、まあ理に適ってはいる。

それでも、すぐに返事をする気にはなれず、返信しないまま家をでた。会社の駐輪場でスマホを確認すると、はるくんから着信とメッセージが来ていた。

〝おはよう。もう出社した？　今日はずっとこっちにいるから、時間ができたら連絡してください〟

妙に低姿勢だな。怒ってると思われているんだろうか。

確かに、昨日はるくんのスマホには散々連絡を入れたので、その履歴にビビった可能性はある。でも、もしかしたら浮気をした罪悪感があるのかもしれない。

「どうしようかな」

――なんて、ぐずぐず悩むなんてバカみたいだ。もしものときは証拠もあるんだし。

わたしはもう、黙って振り回される女じゃないのだ。

事務所に入り、自分の席につくなりはるくんにメッセージを送った。

〝おはよう。今日は話したいことがあるので、終わり次第そっちに行きます〟

結構一方的な内容だけど、まあいいだろう。

はるくんからは、すぐに返事がきた。

〝おはよう。今日はずっと事務所にいるからいつでも大丈夫。待ってます〟

会ったら、どんな風に切りだそうか。そんなことを考えながら、仕事を始めた。

定時過ぎまで業務をこなし、帰り支度をしてはるくんに連絡を入れた。

〝お待たせ。今から向かいます〟

〝了解。俺はまだ仕事中なので、ちょっと待たせることになるかも〟

ということは、伊藤さんも一緒だ。ならば好都合。彼女がどんな反応をするのか、それに一番興味があった。

自転車でマンションまで向かう。エントランスに入る前に、コートのポケットにボイスレコーダーを入れ、もしものときの準備をした。

エントランスで部屋番号を押すと、なんの応答もないまま扉が開いた。

「あら。今日は返事もないのかしら」

これが伊藤さんからの宣戦布告なら、喜んで受けて立とう。

エレベーターに乗り込み、ポケットのなかのボイスレコーダーを握りしめた。

部屋の前に着いてインターホンを押すと、しばらくして玄関の扉が開いた。なかから顔をだしたのは、案の定伊藤さんだ。わたしの顔を見ても、ほぼ無表情のまま。

「こんばんは。お邪魔します」

伊藤さんが一歩下がる。

「黒川さんはまだお仕事中です。今のうちに言っておくけど……」

靴を脱ぐわたしに、伊藤さんが言った。その瞬間、わたしはポケットからボイスレコーダーをだし、コートに隠しながらこっそりと録音ボタンを押していた。

「黒川さんには言わないであげてね、夕べのこと。彼も疲れ過ぎてて、つい癒やされたくなったみたいなの。わたしはもちろん気にしてないし、引きずる気もないから。一晩の過ちって誰にもあることでしょ？」

彼を責めないであげてね――

そう言って、伊藤さんは意味深に微笑んだ。

なるほどね、関係があったような、なかったような、微妙な言い回しだ。

ふん、売られた喧嘩は買うっつーの。

「そうなんですか」

一応返事をして、さっさとはるくんがいるであろうリビングを目指した。後ろから伊藤さんがついてくる。

廊下のつきあたりの扉を開けると、パソコンに向かっていたはるくんが顔を上げた。

「ふみちゃん」

曇りのない笑顔のはるくんを見て、頭の隅っこにあった浮気疑惑が吹き飛ぶ。

「はるくん、伊藤さんと浮気したの？」

開口一番そう言うと、はるくんは狐（きつね）につままれたような表情をした。

手に持っていたボイスレコーダーを操作して、一番最初に録音した伊藤さんの声を再生する。

『今、黒川さんはでられないの。わかるでしょ？』

『言いたくないけど……黒川さんは今、シャワーを浴びてるの』

聞いた瞬間、はるくんが立ち上がる。同時に、背後で伊藤さんの悲鳴のような変な声が聞こえた。

「信じられない！　普通録音なんてする？」

慌てた伊藤さんが詰め寄ってくる。

「わたしはするの。で、はるくん。伊藤さんとやったの？」

伊藤さんのことはサクッとスルーして、続けてついさっきの会話も再生した。

『黒川さんには言わないであげてね、夕べのこと。彼も疲れ過ぎてて、つい癒やされたくなったみたいなの。わたしはもちろん気にしてないし、引きずる気もないから。一晩の過ちって誰にもあることでしょ？』

「ちょ、ちょっと！　そこまでやる？」

焦る彼女の声に、なんだかおもしろくなってきた。

「だからわたしはやるんだって」

「なによ、普通は一人で勝手にうだうだ悩んで、挙句別れるものでしょ？」

なるほど。それが狙いなわけね。

「はるくん？」

視線をちらっと向けると、立ち上がったまま固まっていたはるくんが、我に返った。

「でたらめだ。昨日は会議と接待だった。証人もいるし、会議はすべて録画されてるから証拠もだせる」

はるくんがわたしのそばまで来て、手をぎゅっと握った。

「俺は絶対浮気なんてしてない」

その表情は、真剣そのものだ。

まあ、それはそうだろう。

「——うん、最初から疑ってないよ、はるくん。だから説明してもらいましょ？」

ねっと伊藤さんに顔を向けると、彼女がビクッと震えた。わたしが見たからじゃない。はるくんが、彼女を見たからだ。

「説明してもらおうか」

はるくんのきれいな声には、怒気が含まれていた。冷たすぎる怒り、とでも言おうか。まったく温度を感じさせない、怖すぎる感情が伝わってくる。

うなだれた伊藤さんは、まるで二時間ドラマの犯人みたいに、ぽつぽつと語りだした。

「——わたしは元々、総務にいました。今回、黒川さんが臨時のアシスタントを探してると聞いて、社内で選考会みたいなのが行われたんです」

「選考会……？」

思わず口をポカンと開けてしまった。

「それには、大勢の女性が立候補しました。社内で一番の美人から、年上の経理課のお局（つぼね）肉食女子まで。でも、選ばれたのはわたしでした。理由はひとつ——美人じゃないからです」

「は？」

その答えは、さすがのはるくんにも予想外だったようだ。わたしに続き、今度ははるくんが口をポカンと開けた。

「また美人のアシスタントがついて、なにか間違いが起きたら大変だって上層部が考えたそうです。確かに、これまで黒川さんがらみの女性トラブルは後を絶たなかったから、会社が慎重になるのもわかります。その点わたしは普通だから、万が一にも黒川さんとどうこうなることはないだろうって」

何か、今、ものすごい爆弾発言がなかった？　女性トラブルが後を絶たない？

「自分が選ばれた経緯には腹が立ったけど、西城の天才と呼ばれる方のアシスタントになれたことはうれしかったです。仕事も、楽しいしやりがいがありました。そんななか、黒川さんの恋人の存在を知りました。あんなに女性トラブルだらけの黒川さんの恋人がどんな人なのか、ものすごく興味がわいて……」

女性トラブルだらけ、ねえ……

「でも会ってみたら普通の女で、そんなんだったら、自分でもいいんじゃないかって思ったんです。黒川さんはこれまで何度も恋人が替わってるし、ちょっとつついてやれば、すぐに別れるだろうと思って。前の彼女もそんな風にして黒川さんとつきあったって吹聴してたし」

だから、あんなことをした、と。伊藤さんはそう語った。

「そんな普通の女なら、わたしが彼と対等に仕事をしている姿を見たら、かなわないって思って身をひくのでは、とも思って」

なんだか、聞き捨てならない発言がいっぱいあったけど、どこから突っ込んでいいのやら。

「きみもか……」

肝心のはるくんはといえば、そうぽつんとつぶやいていた。

7

結局、伊藤さんはアシスタントの仕事を外された。最後までわたしには謝罪の言葉すらなかったけれど、まあ彼女の気持ちを思えば、わからなくもないので許してやろう。顔で選ぶなんて、西城食品もひどいことをするなと思ったからだ。

ちなみに新しいアシスタントは、本社でもずっとはるくんと一緒だという、西村さんという男性になった。

なんだかんだでようやく落ち着いたのは、あの修羅場（しゅらば）から数日後だった。

「ふみちゃん、いろいろごめんね」

久しぶりに我が家に来たはるくんが、姿勢を正してそう言った。

「もしかして、はるくんって、ああいうことがよくあるの？　前の彼女もいわゆる略奪っぽかったし。ずっと前に言ってた女性トラブルってこういうこと？」

　ずばりと聞けば、はるくんは困ったような表情を浮かべた。

「……正直に言って、あんまり覚えていないんだ。ひどいと思われそうだけど、いつも女性がそばにまとわりついていたから、はっきりとした記憶は……」

　はるくんがさらなる困り顔で言った。その顔は可愛いけど、話してる内容は可愛くないよ。

　そう言えば前も、はるくんがあずかり知らぬところで、いろいろあったって言ってたっけ。つまりは、はるくんを巡ってかなりの戦いがあったってことよね。でもってその弊害で、変な考えに走る女性が相次ぐと……

「……もしかしなくても、はるくんって女運悪くない？」

「あ、う～ん。そうかな……？」

「普通、あんなことって滅多にないよ？」

「……結構、しょっちゅうだったかも。となると否定はできないな」

　ちょっと疲れたように肩を落とす彼の前に座り、手を取った。

「似た者同士だね」

「え？」

「わたしたち、似てるよね。ちょっと、恋愛運が悪かったところとか」

ちょっとどころか、はるくんはわたしよりも悪いんじゃないのかと思ったけど、それは言わないことにする。

「だからきっと、最高のカップルになれると思わない？」

「ふみちゃん」

はるくんが腕を伸ばして、わたしのからだを引き寄せた。

「もう二度と、嫌な思いはさせないから」

「うん」

一応返事はしたけれど、それはあてにならないな、と思っていた。何人いるかわからない元カノと、これから先にも必ず現れるであろう、はるくんに恋する女性たち。きっと、この先もこんなことが何度もあるだろう。ボイスレコーダーは、いつも持っていた方が賢明かも。

はるくんにぎゅっと抱っこされながら、そんなことを思った。

「ねえ、しようか」

はるくんの声に甘さが加わる。耳元をかすめる唇は、ゾクゾクした刺激をわたしに与えた。

「んっ」

からだを少しだけよじると、はるくんの腕に力が入った。

唇を寄せる。キスが、濡れた音を立てた。舌を何度も絡ませ、お互いの体温を上げていく。

布団の上に押し倒されそうになったところで、わたしははるくんを制した。

「待って。今日はわたしがしたい」

「ふみちゃん？」

少し驚いた様子のはるくんを、逆に押し倒す。頭の横に手をついて、きれいなその顔を見下ろした。

誰もが焦がれる完璧な男。それはわたしだけのものだ。わき上がってくる所有欲。誰にも、絶対に渡さない。

そっと顔を近づけ、キスをした。歯列を舐め、舌を絡ませる。吸い上げ、呼吸を忘れるような口づけをした。

はるくんの引き締まったからだに手を這わせる。それと同時に、唇から耳へ、鎖骨(さこつ)から胸へと、キスをしながら全身を愛撫(あいぶ)していく。

「すごく上手だ……。気持ちいいよ」

はるくんの掠(かす)れた声は、やけに官能的だ。わたしの愛撫(あいぶ)に反応しているのだと思うとうれしい。

「じっとしてて」

ささやくように言い、手を、すでに硬くなっている彼自身に重ねた。その瞬間、はるくんのからだがビクンと跳ねる。

硬い塊に指を巻きつけると、手のひらに脈を感じた。軽く上下に擦り、さらに硬さが増したその先端を指で撫でる。丸くすべらかな感触は、いつまでも触っていたい気分だ。

「くっ。もっと触れて……」

荒く呼吸をくり返すはるくんの声を聞きながら、そっとそれに顔を近づけてみた。今まであまりまじまじと見たことがなかったけれど、持ち主がいいせいか、はるくんのそれはなんだか美しさすら感じる。

丸い先端に唇をつけた。はるくんがピクッと反応する。気にすることなく、口に含み、舌でくぼみを舐めた。

「うっん、――上手だね」

はるくんの手が、わたしの頭に乗った。止められるのかと思ったけど、そうではないようだ。ならばと、先端を舐めながら、指を巻きつけて何度も擦ってみた。もっと深く口に入れてみたかったけど、大きすぎて無理だ。なので、口に入る分だけ、舌で舐め、吸って、何度も何度も愛撫を続けた。

ぐちゅぐちゅと音を立てながら、気がすむまで舐め続ける。はるくんはわたしの頭を撫で、時々腰を持ち上げて、協力するみたいに動いていた。

口のなかに、徐々に苦いなにかが広がっていく。はるくんに触れられてわたしが濡れるように、わたしの愛撫で彼も蜜を垂らすのだ。

もっと速く動かしてみようかしら。そう思ったとき、はるくんに制止された。

「これ以上はだめ」

「どうして？」

口を離したら、一瞬で世界が回転した。

「ふみちゃんのなかでいきたいから」

いつの間にか布団の上に寝転がっていた。すぐ上からはるくんが覗き込んでいる。その顔は、凄絶な色気を放っていた。

はるくんは避妊具を取りだし、わたしの唾液で濡れそぼっている彼自身に着けた。その様子をじっと見つめる。はるくんもわたしから視線をそらさない。

はるくんに脚を大きく広げられた。まだ触られてもいないのに、わたしのそこはすでにぐっしょりと濡れている。

「すごく濡れてる。まだなにもしてないのに」

「し、知らない……」

「そんなに俺がほしかった？」

はるくんはそう言うと、ぬかるんだそこに指で触れた。

「あんっ」

「入れるよ」

はるくんがゆっくりと入ってきた。

「ああっ……」

熱い塊が、自分のなかに沈んでいく感覚。じわじわと、わざと感じさせるように彼がわたしのなかを進んでいく。襞を擦り、内側を広げ、それは一番を奥を目指している。

ぴたりと奥で合わさる。すべてが満たされたように感じた。

つながったまま、はるくんがわたしの首すじに唇を這わせる。舌で舐め、きつく吸う。見えなくても赤い花が散らばっていくのがわかった。

「んっ……」

はるくんの手が胸を包んだ。ゆっくりともまれ、硬くとがった先端を撫でられる。

「あんっ」

「ふふ。柔らかいね。俺の手に吸いついて離れないよ」

「あんっもう、言わないで」

はるくんの背中に手を回し、引き寄せるように抱きしめた。裸の胸が重なり、さらに密着する。なかにいる彼を締めつけるようにお腹に力を入れると、はるくんが小さく呻いた。

「う……」

「ねえ、気持ちいい？　はるくん」

眉間に寄ったしわを指で撫でながら問えば、妖しい笑顔を向けられた。

「ずいぶん余裕だね」

そう言って、キスをされた。

「んん」

キスがどんどん深くなる。舌を差し込まれ、口のなかを全部愛撫するように動く。頭がとろとろになる感覚を味わいながら、彼の舌を追いかけるように自分の舌を絡ませた。

「ふみちゃんのキスは甘いね」

はるくんがささやく。

「どんな料理よりもおいしいから、何度も味わいたくなる」

そう言って、わたしの唇をぺろっと舐めた。

「調味料なんてなにもいらない。そのままのふみちゃんを全部食べてあげる」

「はるくん……」

また唇が重なった。

キスを続けながら、はるくんのからだが動きだす。ゆっくりと腰を引き、そしてまたゆっくりと入ってくる。時々腰を回し、わたしの内側をくまなく愛撫する。それに呼応するように、あふれる蜜がふたりのからだを濡らしていく。

「あんっ、すごいっ……」

じわじわと押し寄せてくる快感。目の裏が赤く染まる。自分の背中を反らして腰を押しつけ、自分の一番深い場所にはるくんを誘った。

甘い痺れがからだを走る。

「ああ……」

耐え切れなくなった声が、唇からもれた。

「すごく気持ちいいよ、ふみちゃん。熱くて、濡れていて、いやらしくって。きつく締めつけてくる」

うっとりとしたはるくんの声。

「まだまだ、もっとしてあげようか」

彼の声に、思わず首を横に振っていた。

「わたしがもっと気持ちよくしてあげる」

はるくんの協力を得ながら、くるりと入れ替わる。布団に横たわったはるくんの胸に手を置き、わたしは腰を持ち上げた。

「んっ」

その長さや太さを確認するように、ゆっくりと動かし、そしてまた、ゆっくりと沈める。

「ああ……、じらさないでくれ」

はるくんの苦し気な声が聞こえる。

もどかしいほどゆっくりと腰を持ち上げ、落とすことをくり返した。何度も動かしているうちに、徐々に快感が生まれてくる。

はるくんの引き締まった胸にそっと手を這わせ、小さくとがった彼の胸の先端をいじってみた。

「――っ」

はるくんの甘い声が、わたしの子宮にジンと響く。ドッとあふれた蜜が、からだを濡らす。自分の一番深いところまではるくんを呑み込むと、触れあった肌がわたしの敏感な突起を擦(こす)った。

「んっ」

思わぬ刺激にビクンと震える。力が抜け、そのまま彼に思いきり腰を押しつけるような体勢になった。

「きゃっ、あっ――」

突然驚くほど強い刺激を感じて、声を上げる。

「ここ、気持ちいいの？」

いつの間にか、主導権ははるくんに移っていた。がっちり腰を掴まれている。

迫ってくる快感の波。はるくんの手がわたしの腰を支え、その動きをさらに速めている。

「ああっ」

ぎゅっと押しつけた花芯がジンジンと痺れてくる。何度も擦られるたびにそれは強くなり、わたしを絶頂へと押しやっていく。

短い呼吸音と、ぐちゅぐちゅと濡れた音が部屋のなかに響く。目をぎゅっとつむり、快感の端を捕まえたかと思うと、それは一気に駆け抜けた。

「あ、い、くっ」

最後にぎゅっとそこを押しつけ、がくがくと震えるからだをなんとか支えた。

「ああ、すごい」

はるくんが色気にまみれた声で言った。

「今すごく締めつけてる」

言葉を続けながらはるくんの腰が動きだし、まだ余韻に震えるそこを刺激し始めた。

「あんっ、まだだめ」

「気持ちよくしてくれるんでしょ？」

今度は少し意地悪な声だ。

「う……ん」

頷くと、彼はまたからだを動かした。たっぷりと濡れたわたしのそこが、滑らかにはるくんを包み込み、きゅっと締めつける。

愛液でどろどろで、熱く溶け合ってしまったかのようだ。

「ほら、もっと動いて？」

はるくんがとろりとした笑みを浮かべ、わたしを見上げた。その目を見つめながらわたしも腰を動かす。

「もっと深く呑み込んで。すべてを奪ってくれ」

その言葉に導かれるように、わたしは腰をさらに押しつけ、一番奥まで彼を迎え入れる。

「そうだ。ああ、すごくいい」

はるくんがうっとりと目を閉じた。

はるくんの表情を見ながら、角度や位置を変え、スピードを調節する。

「ああ……ふみちゃん」

はるくんが眉間にぎゅっとしわを寄せた。彼の手が、下から持ち上げるようにわたしの胸を掴んだ。それと同時に彼の腰が上がり、わたしの最奥を刺激する。

「ああっ……んっ」

摑まれた胸は、彼の手のなかで形を変えていく。先端を摘まれ、甘い痺れが走った。

「はうっ……」

太ももに力が入り、内側で脈打つはるくん自身をさらに締めつける。

「うっ……」

はるくんがまた呻いた。彼の絶頂も近いらしい。

そのとき、唐突に所有欲がわいてきた。

この男はわたしのものだ。快楽に導けるのも、わたしだけ――

「いかせてあげる」

わたしは自分の腰のスピードを一気に上げ、強く強く彼を擦り上げる。快感の痺れが生まれた。さっきいったばかりなのに、と思いながら、今ははるくんのためにからだを動かす。

「くっ……。いくなら、一緒に」

はるくんがぎゅっと目をつむったまま、わたしの腰を強く摑んで動かす。その動きに合わせるように腰を振ると、快感がどんどんと広がっていく。

「あ、だめ、気持ちいい……」

思わずはるくんの肩を摑んだ。

「一緒にいこうか」

掠（かす）れた声と同時に、はるくんの動きが増した。

「ああっ」

それはどんどんとスピードを上げ、わたしたち二人を一気に絶頂に運ぶ。

「うっ」

低い声で呻（うめ）くように言うと、はるくんが何度か強く腰を押し上げた。びくびくと痙攣（けいれん）するわたしのなかで、彼自身も震えている。

力が抜けたわたしのからだが、崩れ落ちるようにはるくんの上に倒れた。すぐにぎゅっと抱きしめられ、汗ばんだ肌がぴたりとくっつく。

荒く呼吸をくり返すわたしの背中を、はるくんがゆっくりと撫でた。

「わたしのものよ」

呼吸の合間にそっとつぶやいた。

「ん？」

「はるくんは、わたしのものよ」

なんとか腕を動かし、はるくんを抱きしめる。まだつながったそこを意識しながら、少しだけ腰を動かした。

「そうだ。きみだけのものだ。俺のすべてをあげる」

はるくんは甘い声でささやき、抱きしめる腕に力を込めた。同時に彼も腰を動かし、わたしの内側に再び愛撫（あいぶ）を加える。

治まっていたはずの鼓動が、また速さを変えていく。くり返される甘い期待。

「大好き……」

つぶやいた声は、キスに吸い込まれた。

結局、わたしたちは朝まで愛しあい、すっかり満たされた。我ながら単純だ。

これから何度も訪れるであろう不安も、そのたびにこうして解消していくのだろう。

正直に気持ちを打ち明けることは難しい場合もあるだろうけど、やはり言葉にしないと伝わらない。

不安と安定をくり返しながら、わたしたちは完璧な恋人同士になっていこう。

書き下ろし番外編

幸せは指輪に祈って

八月の後半に入った。ジリジリと照りつける太陽の陽射しに目を細める。東京よりやや北に位置するこの場所でも、真夏の猛暑はさほど変わらない。湿度が低い分、いくらか過ごしやすくはあるのだろうけど、やっぱり暑いものは暑い。

お盆休みが終わり、人々の仕事も日常も通常に戻ってきたころだ。しかしわたし、池澤史香は少し違っていた。

十月から東京に戻ることが決まった。つまり、約一年間の出向の終わりだ。あとひと月半ほどで東京に戻ることを思うと、うれしいような寂しいような、複雑な心境だった。

異動の原因は決して褒められたものではなく、実質左遷扱いだったけれど、ここでの仕事も生活も、自分に合っていたようで、とても過ごしやすかった。

工場の中の敷地を歩きながら、自然とため息をついていた。慣れたこの場所ともお別れかと思うと、やっぱり寂しい。

残る日々は仕事の引継ぎと引っ越しの準備であっという間に過ぎてしまうだろう。そう考えるとなおさらだ。もちろん、東京に戻れば恋人であるはるくんと会う回数も時間も増える。そこは単純に嬉しいけれど、今でもわりと頻繁に会ってはいるので、会えなくて寂しい……なんてこともない。

恋人の労力を考えると申し訳ない気持ちにはなるから、そういう意味では、東京に戻れば彼の負担も軽減できて良いこと尽くめだろう。乙女心は複雑だった。

仕事を終えて家に帰る。今夜ははるくんが来る予定もないので一人だ。来月末の引っ越しに向けて、そろそろ荷物の整理を始めないといけない。

たった一年間なのに、荷物は格段に増えていた。まずは要る物と要らない物に分け、さらに大きなものを処分するには、それなりに日数が必要だ。

初めての一人暮らしは思っていた以上に快適だった。この一年が終わったらまた実家に戻るつもりだったけれど、東京でも一人暮らしを継続したいと思い始めていた。

今はネットで部屋が探せるし、一旦実家に戻ってから改めて探し始めても良い。今の自転車通勤が楽過ぎて、満員電車に乗ると思うと結構辛い。

どうせなら会社の近くしようかしら。家賃は今よりももっと高くなるけれど、幸いうちの会社には家賃補助なるものがある。今まではその制度を利用していなかったけれど、職場の人は結構もらっているようだった。それを考えると、経済的な負担もかなり軽減されるだろう。

ここを離れることは寂しいけれど、これからのことを考えると、だんだん楽しみになってきていた。

❀

特別に設定してある着信音で集中力が途切れた。

もう夜の九時を過ぎているけれど、未だ自分のオフィスで仕事をしていた。エアコンを効かせた室内は快適だけど、今夜も熱帯夜だ。

パソコンのモニターから目を離し、机の上に置いてあるスマートフォンを手に取る。

この特別な着信音の相手はただ一人だけだった。

〝こんばんは。今日も暑かったね。はるくんはまだ仕事中？〟

飛び込んでくるメッセージに、思わず顔がほころぶ。

〝こんばんは。今はまだ会社に居ます。でももうすぐ終わるよ〟

短い文面だけど何度も確認してから送信する。すると、すぐにまた返事が返ってきた。

〝あら。今日も遅くまでお疲れさま。あんまり無理しないようにね〟

〝ありがとう。ふみちゃんも一日お疲れさま。ゆっくり休んで〟

この会話のようなメッセージのやり取りも、最初こそ戸惑ったものの、今はすっかり慣れたものになっていた。電話で話すこともあるけれど、仕事中の場合はメッセージのやり取りだけのことも多い。物足りなくはあるけれど仕方がない。恋人との物理的な距離は遠いけれど、二人の関係はかなり濃密だ。

仕事を終え、自分の部屋に着いたころにはもう日付が変わろうとしていた。シャワーを浴びながら大きくため息をつく。

今の仕事の進め方はかなりハードで、疲れ方も半端ない。それでも嫌だと思うことは欠片（かけら）もなかった。今の自分にはこのやり方しかない。恋人には言わないけれど、自分なりの贖罪（しょくざい）だ。

「でも、もうすぐだ……」

あとひと月半で彼女の出向が終わる。一年間限定の、出向と言う名の左遷（させん）だった。ふみちゃんが東京に戻ってくる。そう思うと胸がわくわくした。

彼女の今の職場の近くに建設中の工場は順調に進んでいる。最初のころならともかく、今はもう自分が頻繁（ひんぱん）に出向く必要はなく、東京のオフィスでもできる仕事をあえて向こうでしているのだ。これもふみちゃんには絶対に言わない。

これで彼女が戻ってくれば、会う時間ももっと長く取れるだろうし、自分の仕事も格段に楽になる。

濡れた頭を拭きながらキッチンに入って冷蔵庫を開けた。ほぼ空（から）に近いそこから炭酸水のペットボトルを取り出す。キャップを開けて一口飲み、ふうっと一息ついた。

リビングに戻って滅多に開けないカーテンを開け、外を見た。都心のど真ん中に建つマンションからは、近くのビルの明かりと車のライトしか見えない。特別夜景がきれいなわけでもないここの利点は、会社に近いことだけだ。

寝室のベッドに寝転がり、枕に頭を沈めて目を閉じる。

そう言えば、ふみちゃんはまた実家に戻るのだろうか？

元々実家暮らしだったふみちゃんは、この出向をきっかけに一人暮らしを始めた。彼女はその生活を楽しんでいたようだし、だからこそ自分も遠慮なく部屋に泊まることができた。

「実家だと、逆に会う時間が減るのかな？」

自分勝手な思いだけど、できればこのまま一人暮らしを継続してもらいたい。

そうすれば、いつでもふみちゃんに会えるのに。

眠りの淵に落ちる瞬間、浮かんだのは恋人の笑顔だった。

――だったら、二人暮らしでも良いのでは？――

目が覚めた瞬間、その言葉が頭に浮かんで思わず飛び起きていた。

枕元で鳴っているスマートフォンの目覚ましを止める。

半ば茫然（ぼうぜん）としたまま、自分の部屋の間取りを思い浮かべる。約八畳ほどのこの寝室と、広めのＬＤＫ。一人で暮らすには十分だけど、二人なら？

寝室は同じでも良いけれど、やっぱりそれぞれの個室が必要だろう。なら、自分も引っ越しが必要だ。

スマートフォンをつかんだままリビングに行き、パソコンを立ち上げる。今日は秘書の西村がうちまで迎えに来ることになっているので、それまでまだ時間はある。

インターネットで不動産会社のサイトをいくつか見て回った。

ふみちゃんの会社からも、自分の会社からも近い場所が良い。広い寝室とそれぞれの個室。ふみちゃんは料理上手だから、キッチンも広めがいいだろう。

条件を絞り込み、良さそうな物件を片っ端からプリントアウトしていく。

こうしてやってみると、なかなか楽しい作業だ。ふみちゃんと一緒に住む部屋だと思うと、さらにテンションが上がってくる。

集中していると、インターホンが鳴った。

「もうそんな時間か」

我に返って見回すと、まわりにはプリントアウトした物件の紙が散らばっていた。足で踏まないように歩き、応答するとやっぱり西村だった。

まずい。集中し過ぎてまだ着替えもしていない。

玄関の鍵を開けておき、その間に顔を洗う。着替えを始めた頃に部屋のチャイムが鳴った。

「開いてる！」

寝室から叫ぶように声をかけると、西村が入ってきた。

「おはようございます。まだ着替え中なんですか？　わ、なんだこれ!?」

驚いた声に寝室から顔を覗かせると、西村がリビングに散らばった紙を集めていた。

「引っ越しでもするんですか？」

着替えを終えてリビングに戻ると西村が言った。

「ふみちゃんを迎え入れる準備だ」

「ああ、もうすぐ出向が終わりですもんね。ちなみに、本人の了承は取ってます？」

「………まだだ」

だって、ついさっき思い付いたんだから。

「一人で突っ走り過ぎですよ」

西村が顔をしかめる。

「一緒に暮らしたいなら、ちゃんと言わないとダメですよ。池澤さんの意見も聞かないと。それに、向こうのご両親にも挨拶（あいさつ）が必要だし」

……挨拶？

そうか。成人した大人とはいえ、大切な娘さんなのだから挨拶をしないと。

……いや、まてよ。

「これはもう結婚ということで良いのでは!?」

そうだ、これはもう結婚じゃないか。

「なにから始める？　プロポーズか？　指輪か!?」

「……本人への意思確認が先じゃないですかね」

呆れた声で西村が言った。

確認するにしても、やはり指輪があった方がいいんじゃないか？

となると、それはもうプロポーズだ。

そう思うとなんだかドキドキしてきた。こんな気持ちは初めてだ。

「西村、婚約指輪はどこで買った？」

「……話が飛ぶなあ。僕は普通のジュエリーショップですよ」

「どこにあるんだ？」

「どこにでもあるでしょ。有名な所だと銀座とか表参道とか？　なんなら、西城の社長に聞いてみればどうですか？　老舗の店とか紹介してくれるかもしれませんよ」

「なるほど。社長か」

確かに、社長なら既婚者だし詳しそうだ。早速メール画面を立ち上げる。

「今聞くんですね……」

感心したような、さらに呆れたような西村の声を聞きながら、メールの文面を打った。

社長のことだから、見たらすぐに返事をくれるだろう。

社長からのメールの返事は、午前中に届いた。店の方にも連絡をしておいてくれたとのことなので、午後の空いた時間に早速出向くことにした。

西村は苦い顔をしているけれど、こういうことは、思い立ったが吉日だろう。

午後の仕事を調整して、嫌がる西村を引き連れ、社長に教えてもらった店に向かった。

きらびやかな店内に入った途端、西村が息を呑むのがわかった。

「黒川様！　いらっしゃいませ」

黒いスーツを着た店員が飛んでくる。

「西城様より伺っております。こちらへどうぞ」

奥の個室に通され、真っ白なソファーに座った。飲み物がさっと置かれ、そして別のドアからトレイを持った店員が現れ、テーブルの上にそれを置いた。そこにはたくさんの指輪がずらりと並んでいた。

「ご婚約指輪をお探しとお伺いしましたので、当店で扱っているすべてのデザインを揃えました。どうぞご自由にご覧ください」

並んだ指輪を一つ手に取る。真ん中の石はダイヤモンドか。

「ご婚約指輪はダイヤモンドが一般的です。大きさはお好みになりますが、普段使いできるようにと、あまり大きすぎない、日本人女性の手になじむデザインも多くありますよ」

「なるほど」

改めて並んだ指輪を見直すと、確かに石の大きさはさまざまだった。

ふみちゃんには、どんな指輪が似合うだろう？　手は小さい方だから、石もあまり大きいものじゃないほうが良いだろう。上品で派手過ぎず、可愛らしいものが良い。

希望を伝えると、店員がトレイの中の一列の指輪を指した。

「このあたりはいかがでしょう？　すべて当ブランドの新作で、メインの石は〇・三カラットですが、カットとデザインを工夫して、大きなダイヤにも負けない印象になっています。手の小さい方にもぴったりかと思います。もちろん、カラー、クラリティー、カットにおいては最上級クラスになります」

示された指輪には直径四ミリほどのダイヤモンドが光輝いていた。

確かに大きすぎず小さすぎず、上品に見えるものも、可愛らしくも見えるものもある。

西村や店員の意見も聞き、時間をかけてひとつの指輪を選んだ。

これならふみちゃんに似合うだろうと、自信をもって言える指輪だった。

「ではこれで」

「ありがとうございます！」

店員が晴れやかな笑顔で言い、そして小さなカードをそっと目の前に置いた。

「お値段はこちらになりますが」

その紙を覗き込んだ西村が、「高っ」と小声で言った。

確かに値段は張るが、特別なものだからこんなものだろう。それなりの給料はもらっているし、これまで趣味らしい趣味もなかったので、貯金もまあまある。

頷いて、財布の中からカードを取り出して渡した。

「ご婚約者様の指輪のサイズはおわかりですか？」

「いや」

「でしたら、後日お直しいたしますので、いつでもお持ちください」

その後、小さな箱に入った紙袋をもらい店を後にした。軽いはずなのに、なんだかずっしりと感じる。自分の想いの深さだとつくづく思う。

あとはふみちゃんになんと言うかだ。

「そこが一番大事ですけどね」

西村の嫌味な声を聞き流し、紙袋の持ち手をぎゅっと握った。

✻

「なんだか、本当に荷物が多いなあ」

引っ越しの準備のため、改めて自分の持ち物を見直したら、その量の多さにさらに驚いた。

要らないものは処分するとして、残りはどうしよう。実家に戻るのなら不要だけど、一人暮らしを継続するなら必要なものも結構ある。

「まずはそこを決めないとダメね」

両親と相談しなきゃ。

そんなことを考えながら、ゴミ袋を広げた。

はるくんがやってきたのはそれから数日後で、部屋の中はさらに混沌としていた。

会社でも引継ぎの資料作成やらで忙しく、家に帰ってきたらすっかり疲れているので、なかなか片付けがはかどらない。

それでももらってきた段ボールに少しずつ荷物を詰めていた。

「すごいことになってるね。もう引っ越しの準備を始めてるの？」

部屋に入ったはるくんが驚いた声をあげた。

「ごめんね、散らかってて。なかなか片付けが進まないのよ。思ってた以上に物が増えてて、処分するのにも時間がかかるの。一人暮らしって意外と荷物多いよね。はるくんちみたいにすっきりとした部屋ならよかったけど」

わたしがそう答えると、はるくんは段ボールを見つめたまま黙り込んだ。その目はなんだか虚ろに見える。

「はるくん？ どうしたの？」

声をかけると、はるくんは突然顔を上げてわたしを見た。力強い視線に思わず後ずさる。

「え、なに？」

「ふみちゃん！」

はるくんが手を伸ばして、わたしの手を握った。

「は、はい」

「ど、どうせなら一緒に住もうよ。け、結婚しよう!!」

「……え」

思わず思考停止していると、はるくんがハッと我に返ったみたいな顔をした。そして慌てたようにわたしの手を離し、持ってきた自分の鞄の中からなにかを取り出した。

改めてわたしの前に立ち、なにかを差し出す。そこにあったのは真っ白な小さな箱だ。はるくんがその箱を開けると、さらに小さな箱が現れた。ベルベットのようなその箱は……

「ふみちゃん、こんなタイミングはずるいかも知れないけど、必ず幸せにするから。僕と、結婚してください」

そう言って、開いた箱の中にはキラキラ輝くダイヤモンド。

胸の奥からこみ上がってくるなんとも言えない気持ち。

「はるくん……喜んで。わたしこそよろしくお願いします」

左手の薬指にそっとはめられた指輪は少しだけ大きくて。引っ越しが終わったら、一緒にお店に行こうねと、二人で額を合わせて笑った。

そして、約一か月後。荷物は新しく借りた二人の家に運ばれた。

プロポーズを受けてから引っ越しまでの間、新しい部屋探しに二人で奔走し、職場の引継ぎと送別会、お互いの両親への挨拶やら引っ越し準備やらと、かなり慌ただしい日々だった。

最後の日は職場の人たちからお別れ兼お祝いの花束をもらい、思わず号泣してしまったほどだ。異動してきた経緯はアレだったけど、とても良い職場だった。

名残惜しく思いながら荷物をほどく。はるくんと二人で相談して探した新居は、お互いの会社にも通いやすく、間取りも立地もとても満足できるところだった。

お互いの仕事の関係で、結婚式はまだ先になりそうだ。西城の社長が仲人になり、豪華な披露宴を取り仕切ってやると今から張り切っているらしい。

また新しく始まる日々に、期待と不安が入り混じる。

そんな時は、はるくんから貰った指輪を見つめる。

左手の薬指に光る、約束の指輪。

これがわたしに力を与えてくれる。なにがあっても大丈夫だと。


そして二人の新しい暮らしが始まる。

恋愛小説「エタニティブックス」の人気作を漫画化!
EC
Eternity COMICS
白雪姫の悩める日常
漫画 繭果あこ
Ako Mayuka
原作 桜木小鳥
Kotori Sakuragi
あっ
あっあ
この瞬間を
ずっと待ってたんだ
あ…
"白雪姫"——肌の白さと名前からそうあだ名されるも、実際は地味OLの白崎雪。そんな雪の悩みは、同僚の夏目のこと。というのも、女性からモテモテで王子様のような彼に、なぜかスケジュールや食べ物の好み、行動ルートなど事細かに把握されているのだ。彼の本意がわからず、戸惑いを隠せない雪だけど……!?
B6判　定価：本体640円＋税　ISBN 978-4-434-26396-5
白雪姫の悩める日常
繭果あこ
桜木小鳥
ヤンデレな彼に甘くマーキングされる!?
エタニティCOMICS
エリート同僚は彼女限定ストーカー!?

Kotori Sakuragi
原作：桜木小鳥 漫画：**琴稀りん**
Rin Kotoki

富樫一花、25歳カフェ店員。
楽しくも平凡な毎日を送っていた彼女の日常は、
ある日一変した。
来店したキラキラオーラ満載の王子様に
一目惚れし、玉砕覚悟で告白したら、
まさかのOKが!
だけど彼の態度は王子様というより、
まさに王様で——!?

B6判　定価：640円+税　ISBN 978-4-434-20822-5

一見クールなお局様。だけど本当は恋愛小説が大好きなOL、三浦倫子。そんな彼女の前に、小説の中の王子様みたいに素敵な年下の彼が現れた！　……と思っていたら、彼はただの優しい王子様じゃなく、ちょっと強引でイジワルな一面もあって――!?
地味OLが猫かぶりな王子様に翻弄されちゃう乙女ちっくラブストーリー!

B6判　定価：640円+税　ISBN 978-4-434-17577-0

EB エタニティ文庫 ～大人のための恋愛小説～

Nanami&Shinya

赤

あなたの前では素のわたし。

ロマンティックは似合わない

桜木小鳥　装丁イラスト：千川なつみ

有田七実は、普段は猫かぶりしてるけど、本当はズボラな毒舌家。それを知るのは、祖母の他にもう一人、ちょっと残念なイケメン下宿人、高木慎哉。そんなある日、彼の意外な正体が判明！　その頃から二人の関係も徐々に変わり始めて――!?

定価：本体640円+税

Yoriko&Ryo

赤

その恋、わたしだけのもの!!

ロマンティックを独り占め

桜木小鳥　装丁イラスト：黒枝シア

当麻依子は現在、会社で大人気の男性に片思い中。そんな彼女をいつもからかうのは、上司の市ノ瀬。意地悪で苦手な人だったけど、ひょんなことから恋の手助けをしてくれることになり――？　ちょっぴり妄想炸裂気味（？）の乙女ちっくラブストーリー！

定価：本体690円+税

※エタニティブックスは大人の女性のための恋愛小説レーベルです。ロゴマークの色で性描写の有無を判断することができます（赤・一定以上の性描写あり、ロゼ・性描写あり、白・性描写なし）。

詳しくは公式サイトにてご確認下さい

https://eternity.alphapolis.co.jp

携帯サイトはこちらから！

EB エタニティ文庫

淫らすぎるリクエスト⁉

エタニティ文庫・赤

恋に落ちたコンシェルジュ

有允（ゆういん）ひろみ　　装丁イラスト／芦原モカ

文庫本／定価：本体 640 円+税

27 歳の彩乃が勤めるホテルに、世界的に有名なライターの桜庭雄一が泊まりにきた。プレイボーイの彼は、初対面で彩乃を口説いてくる始末。そんな彼からなぜか“パーソナルコンシェルジュ”に指名されてしまった！　数々の依頼は、だんだんアブナイ内容になってきて……⁉

※エタニティブックスは大人の女性のための恋愛小説レーベルです。ロゴマークの色で性描写の有無を判断することができます（赤・一定以上の性描写あり、ロゼ・性描写あり、白・性描写なし）。

詳しくは公式サイトにてご確認ください。
https://eternity.alphapolis.co.jp

携帯サイトはこちらから！ 

本書は、2017年3月当社より単行本として刊行されたものに、書き下ろしを加えて文庫化したものです。


この作品に対する皆様のご意見・ご感想をお待ちしております。

おハガキ・お手紙は以下の宛先にお送りください。

【宛先】

〒150-6008 東京都渋谷区恵比寿4-20-3 恵比寿ｶﾞｰﾃﾞﾝﾌﾟﾚｲｽﾀﾜｰ 8F
（株）アルファポリス　書籍感想係

メールフォームでのご意見・ご感想は右のＱＲコードから、
あるいは以下のワードで検索をかけてください。

ご感想はこちらから

エタニティ文庫

完璧彼氏と完璧な恋の進め方

桜木小鳥

2020年5月15日初版発行

文庫編集－熊澤菜々子・塙綾子
発行者－梶本雄介
発行所－株式会社アルファポリス
〒150-6008 東京都渋谷区恵比寿4-20-3 恵比寿ｶﾞｰﾃﾞﾝﾌﾟﾚｲｽﾀﾜｰ8F
TEL 03-6277-1601（営業）　03-6277-1602（編集）
URL https://www.alphapolis.co.jp/
発売元－株式会社星雲社（共同出版社・流通責任出版社）
〒112-0005 東京都文京区水道1-3-30
TEL 03-3868-3275
装丁イラスト－千川なつみ
装丁デザイン－ansyyqdesign
印刷－中央精版印刷株式会社

価格はカバーに表示されてあります。

落丁乱丁の場合はアルファポリスまでご連絡ください。

送料は小社負担でお取り替えします。


ISBN978-4-434-27411-4 C0193